독자들이 즐겨 읽는

용혜원
대표
명시

독자들이 즐겨 읽는
용혜원 대표 명시

———

초판 1쇄 2014년 12월 29일
초판 3쇄 2015년 12월 17일
지은이 용혜원
펴낸이 김영재
펴낸곳 책만드는집

———

주소 서울 마포구 양화로3길 99 4층 (04022)
전화 3142-1585·6
팩스 336-8908
전자우편 chaekjip@naver.com
출판등록 1994년 1월 13일 제10-927호
ⓒ 용혜원, 2014

———

———

ISBN 978-89-7944-508-4 (03810)

이 도서의 국립중앙도서관 출판사도서목록(CIP)은 e-CIP
홈페이지(http://www.nl.go.kr/cip.php)에서 이용하실 수 있습니다.
(CIP제어번호 : CIP2014035532)

독자들이 즐겨 읽는

용혜원
대표
명시

책만드는집

시인

이 세상에 태어나
시인이 되어
자신의 마음을 쏟아내어
시집을 낼 수 있다는 것은
축복을 받은 것이다

얼마나 많은 사람이
눈앞을 맴돌고
가슴에 파고드는
한 맺힌 이야기들을 표현하지 못하고
얼마나 안타까워하며 살아가는가

시인으로 살아가며
보고, 듣고, 느끼고, 찾아낸 일들을
시로 쓰는 것은
얼마나 감동스러운 일인가

시인의 시를 독자들이 읽고

같이 느끼고 공감할 수 있다면
시인으로서는 정말 행복한 일이다

| 차례 |

4 · 서시

1부 · 너를 만나러

16 · 함께 있으면 좋은 사람
18 · 내 사랑이 참 좋던 날
20 · 지금은 사랑하기에 가장 좋은 시절
22 · 둘이 만드는 단 하나의 사랑
24 · 이 세상에 그대만큼 사랑하고픈 사람 있을까
26 · 그대 곁에 있을 수만 있다면
28 · 늘 그리운 사람
30 · 외로울 때 누군가 곁에 있어준다면
32 · 내 마음에 그려놓은 사람
34 · 내가 사랑하는 사람아
36 · 우리 사랑하고 있다면
38 · 우리는 연인
40 · 사랑하라
42 · 공개적인 사랑
44 · 너를 만나러 가는 길
45 · 너를 어떻게 하면 좋으냐
46 · 내 마음에 그리움이란 정거장이 있습니다
48 · 단 한 사람만을
50 · 우리는 서로 사랑할 수 있습니다
52 · 내가 좋아하는 이
54 · 내 목숨꽃 지는 날까지
56 · 내 마음에 머무는 사람
58 · 사람을 만나고 싶습니다

60 · 그대의 목소리가 듣고 싶다

62 · 나를 바라보는 눈빛에서

64 · 우리는 만나면 왜 그리도 좋을까

66 · 그대는 꿈으로 와서

68 · 네가 좋다 참말로 좋다

70 · 가슴을 앓아도 가슴을 앓아도

72 · 누군가를 사랑한다는 것은

73 · 우리 살아가는 날 동안

74 · 아름다운 그대

76 · 사랑의 시작

77 · 혼자 생각

78 · 그대의 눈빛이 있는 곳에서 살고 싶다

80 · 늘 그리워지는 한 사람

82 · 우리가 만날 날만큼은

84 · 어디쯤일까

86 · 포옹

88 · 내게는 가장 소중한 그대

90 · 가슴이 터지도록 보고 싶은 날은

92 · 사람이 그리운 날

94 · 우리 보고 싶으면 만나자

96 · 그대와 나

98 · 이런 날이면

100 · 네가 내 가슴에 없는 날은

2부 늘 그리움이란

104 · 사랑의 지도

106 · 처음처럼

107 · 사과

108 · 꼭 만나지 않아도 좋은 사람

109 · 첫사랑

110 · 우리 만나 기분 좋은 날

112 · 어떤 날

114 · 행복한 날

116 · 나는 그를 좋아합니다

118 · 사랑한다는 말을 하고 싶을 때

120 · 추억 하나쯤은

122 · 너를 만나면 더 멋지게 살고 싶다

124 · 추억이란

125 · 꿈만 같은 날

126 · 가장 외로운 날엔

128 · 그대가 그리워지는 날에는

130 · 자연스런 아름다움

132 · 그대를 사랑한 뒤로는

133 · 내 기억에 남아 웃고 있는 당신은

134 · 만나면 편한 사람

136 · 우리는 작은 사랑으로도 행복하다

138 · 비 내리는 창밖을 바라보며

140 · 그대가 무척 보고 싶을 때

142 · 그날 밤은

144 · 이 그리움을 어찌해야 합니까

146 · 외로울 거야

148 · 소낙비 쏟아지듯 살고 싶다

150 · 잃어버린 우산

152 · 하루 종일 비가 내리는 날은

154 · 지금 비가 내리고 있습니다

155 · 계절이 지날 때마다

156 · 목련꽃 지는 날은

158 · 꽃 피는 봄엔

160 · 목련꽃 피는 봄날에

162 · 봄 강에 가보셨습니까

164 · 봄꽃 피는 날

165 · 봄이야

166 · 가을을 파는 꽃집

168 · 가을비를 맞으며

170 · 가을이 가네

172 · 가을 이야기

174 · 가을이 오면

176 · 가을 단상

178 · 가을 하루

179 · 겨울 여행

180 · 눈이 만든 풍경

3부 어느 날 하루는

184 · 여행은 추억을 만든다

186 · 여행을 떠나라

188 · 숲 속 오솔길

190 · 홀로 바닷가를 거닐어보았습니까

191 · 해변에서

192 · 그 바닷가

194 · 어느 날 하루는 여행을

196 · 산책

197 · 이정표

198 · 뒤돌아보지 마라

199 · 삶

200 · 삶의 깊이를 느끼고 싶은 날

202 · 나의 삶은 모두 다 아름다운 시간이다

204 · 고독한 날의 풍경

206 · 가슴에 묻어둔 이야기

208 · 왜 그리도 아파하며 살아가는지

210 · 하루

212 · 당신은 아름답습니다

214 · 삶이 무엇이냐고 묻는 너에게

216 · 행복을 느낄 수 있다는 것은

218 · 동행

220 · 들꽃을 볼 수 있다는 것은

222 · 길을 걷는다는 것은

224 · 한목숨 다 바쳐 사랑해도 좋을 이

226 · 멋있게 살아가는 법

227 · 낯선 사람이 하고많은 세상에

228 · 고독이 선명해질 때

230 · 홀로 새우는 밤

232 · 우리들의 삶은 하나의 약속이다

234 · 옥수수

236 · 씨앗 속에는

237 · 강아지풀

238 · 종이배

239 · 돌멩이

240 · 베고니아

241 · 민들레

242 · 파도

243 · 강변의 갈대

244 · 버드나무

245 · 연꽃

246 · 해바라기

247 · 수평선

248 · 가로등

249 · 가로수

4부　그만큼의 소망

252 · 커피 한 잔의 행복

253 · 한 잔의 커피 1

254 · 한 잔의 커피 2

256 · 한 잔의 커피 3

257 · 황혼까지 아름다운 사랑

258 · 커피와 인생

260 · 오늘 내가 사는 세상은

262 · 희망

264 · 아쉬움

266 · 희망을 이야기하면

268 · 꽃샘바람이 차가운 것도

270 · 짧은 삶에 긴 여운이 남도록 살자

272 · 큰 나무의 말

274 · 흘러만 가는 강물 같은 세월에

276 · 가까움 느끼기

278 · 인생

279 · 하루쯤은 하루쯤은

280 · 살아가며 만나는 사람들

282 · 관심

283 · 못

284 · 가족

286 · 휴식을 주는 여자

288 · 나 가난하게 살아도

290 · 사랑의 시인

292 · 감옥 같은 날

293 · 외면

294 · 새

295 · 벽

296 · 컵 하나엔

297 · 버섯

298 · 생선 파는 아줌마

301 · 꾸벅잠

302 · 인생이 무대에 올려진 연극이라면

304 · 번민

306 · 나를 만들어준 것들

308 · 나는 꼭 필요한 사람입니다

310 · 그때

312 · 오직 한 사람

314 · 새벽을 여는 사람들

316 · 예수 그 이름

318 · 시인 예수

320 · 아침의 기도

322 · 당신은 그분을 만나보셨습니까

323 · 넥타이

1부
너를 만나러

함께 있으면 좋은 사람

그대를 만나던 날
느낌이 참 좋았습니다

착한 눈빛, 해맑은 웃음
한 마디, 한 마디의 말에도
따뜻한 배려가 있어
잠시 동안 함께 있었는데
오래 사귄 친구처럼
마음이 편안했습니다

내가 하는 말들을
웃는 얼굴로 잘 들어주고
어떤 격식이나 체면 차림 없이
있는 그대로 보여주는
솔직하고 담백함이
참으로 좋았습니다

그대가 내 마음을 읽어주는 것만 같아
둥지를 잃은 새가

새 둥지를 찾은 것만 같았습니다
짧은 만남이지만
기쁘고 즐거웠습니다

오랜만에 마음을 함께
맞추고 싶은 사람을 만났습니다

마치 사랑하는 사람에게
장미꽃 한 다발을 받는 것보다
더 행복했습니다

그대는 함께 있으면 있을수록
더 좋은 사람입니다

내 사랑이 참 좋던 날

내 사랑이 참 좋던 날

온 세상을 다 얻기라도 한 듯
두 발은 구름 위로 두둥실 떠오르고
설레고 부푼 가슴을 어쩔 수가 없어
자꾸만 웃음이 나온다

날마다 핏기 하나 없는 얼굴로
초라해지기만 하던 내 모습을
바라보기 싫어 울고만 있었는데
내 사랑의 심지에 불붙인 그대에게
내 마음을 다 주고 싶어 가슴이 쿵쿵 뛴다

외로움의 덩어리가 다 사라져버린
텅 빈 자리를 가득 채워주는
내 사랑이 꿈인 듯 내 안에 가득하다

나를 끌어들인 그대의 눈빛에
정이 깊이 들어가는데

늘 가슴 저리도록 그리워지는 것은
내 맘에 가장 먼저 찾아온
나만의 사랑이기 때문이다

우리 마음이 서로에게 맞닿아
세상에 부러울 것 하나 없이
멋지고 신 나는 기분에 빠져들게 하고
나를 행복하게 해주는
내 사랑이 참 좋다

지금은 사랑하기에 가장 좋은 시절

날마다 그대만을 생각하며 산다면
거짓이라 말하겠지만
하루에도 몇 번씩 불쑥불쑥
생각 속으로 파고들어
미치도록 그립게 만드는 걸
내가 어찌하겠습니까

봄꽃들처럼 한순간일지라도
미친 듯이 환장이라도 한 듯이
온 세상 다 보란 듯이 피었다가
처절하게 져버렸으면 좋을 텐데
사랑도 못 하고 이별도 못 한 채로
살아가니 늘 아쉬움만 남아 있습니다

이런 내 마음을 아는 듯 모르는 듯
시도 때도 없이 아무 때나
가슴에 가득 고여드는 그리움이
발자국 소리를 내며 떠나지 않으니
남모를 병이라도 든 것처럼

아픔을 감당할 수 없습니다

내 삶 동안에
지금은 사랑하기에 가장 좋은 시절
우리가 사랑할 시간이
아직 남아 있음이 얼마나 축복입니까
우리 사랑합시다

둘이 만드는 단 하나의 사랑

나의 눈빛이
그대를 향해 있음이
얼마나 놀라운 축복입니까

세상에 수많은 사람이 살고 있지만
나를 사랑으로
감동시킬 수 있는 사람은
그대밖에 없습니다

나 언제나
그대의 숨결 안에 있을 수 있음이
날마다 행복하기에

나 언제나
그대의 속삭임에 기쁨이 넘치기에

이 세상의 그 누구보다
멋진 사랑을 펼치고 싶습니다

그대는 내 마음의
틈새를 열고 들어와
나를 사랑으로 점령하고 말았습니다

우리들의 사랑은
이 세상에 하나뿐인
둘이 만드는
단 하나의 사랑입니다

이 세상에 그대만큼 사랑하고픈 사람 있을까

이 세상에 그대만큼
사랑하고픈 사람 있을까

처음 만났을 때부터
내 마음 송두리째 사로잡아
머물고 싶어도
머물 수 없는 삶 속에서
이토록 기뻐할 수 있으니
그대를 사랑함이 좋다

늘 기다려도 지루하지 않은 사람
내 가슴에 안아도 좋고
내 품에 품어도 좋은 사람
단 한 사람일지라도
목숨처럼 사랑하는 사람이 있다는 것은
행복한 일이다

아무리 생각하고
또 생각해보아도

그대를 사랑함이 좋다

이 세상에 그대만큼
사랑하고픈 사람 있을까

그대 곁에 있을 수만 있다면

그대를 처음 보았을 때
잠시라도
그대 곁에 있을 수만 있다면
좋을 것 같았습니다

그대를 사랑하기 시작했을 때
일주일에 한 번만이라도
그대 곁에 있을 수만 있다면
기쁠 것 같았습니다

그대와 사랑에 빠지기 시작했을 때
날마다 언제나
그대 곁에 있을 수만 있다면
행복할 것 같았습니다

지금은
지상에서 영원까지
그대 곁에 있을 수만 있다면
나의 사랑보다 더 귀한 것은

이 지상에 없을 것만 같습니다

나의 사랑 나의 연인이여
그대 곁에 있을 수만 있다면
나는 행복한 사람입니다

늘 그리운 사람

늘 그리움의 고개를
넘어오는 사람이 있습니다

기다리는 내 마음을 알고 있다면
고독에 갇혀
홀로 절망하지는 않을 것입니다

마지막이어야 할 순간까지
우리의 사랑은
끝날 수 없고 끝나지 않을 것입니다

막연한 기다림이
어리석은 슬픔뿐이라는 걸 알고 있지만
그리움이 심장에 꽂혀
온 가슴을 적셔와도 잘 견딜 수 있습니다

그대를 사랑하는 내 마음
그대로 그대에게 전해질 것을 알기에
끈질기게 기다리며

그리움의 그늘을 벗겨내지 못합니다

내 마음은 그대 외에는
그 누구에게도 정착할 수 없습니다
밀려오는 그리움을 감당할 수 없어
수많은 시간을 아파하면서도
미친 듯이 그대를 찾아다녔습니다

내 사랑은 외길이라
나는 언제나 그대에게로 가는
길밖에 모릅니다
내 마음은 늘 그대로 인해 따뜻합니다

우리 만나면 그리움의 가지가지마다
우리의 사랑이 만발하는
아름다운 풍경을 만들겠습니다

외로울 때 누군가 곁에 있어준다면

외로울 때 누군가 곁에 있어준다면
쓸쓸했던 순간도 구석으로 밀어놓고
속 깊은 정을 나누며 살아갈 수 있기에
살맛이 솔솔 날 것입니다

온갖 서러움 홀로 당하며 살아왔는데
가슴에 맺힌 한을 풀어줄 수 있는
넉넉한 마음을 갖고 있다면
가슴에 켜켜이 쌓였던 아픔도
한순간에 다 사라지고 말 것입니다

생각하지 못했던 어려움이 닥쳐
절망의 한숨을 내쉬어야 할 때도
누군가 곁에 있어준다면
비참하게 짓밟혀 싸늘하게 얼어붙었던
냉가슴도 따뜻하게 녹아내릴 것입니다

내 삶을 넘나들던 아픔도 다독여주고
늘 축 처지고 가라앉게 하던 우울과

치밀어 올라 찢긴 가슴을 감싸준다면
끝없이 짓누르던 고통도 멈추고야 말 것입니다

흠집투성이 그대로 받아줄 수 있는
마음이 푸근하고 넉넉한 사람이라면
잠시 어깨를 빌려 기대고 싶습니다

항상 죄스런 마음으로 눈물꽃 피우며 살아왔는데
거칠어진 손 따뜻하게 잡아주며
활짝 웃어준다면
하늘 한 번 제대로 못 바라보고
울게만 하던 모든 서러움도 다 떠날 것입니다

내 마음에 그려놓은 사람

내 마음에 그려놓은
마음이 고운
그 사람이 있어서
세상은 살맛 나고
나의 삶은 쓸쓸하지 않습니다

그리움은 누구나 안고 살지만
이룰 수 있는 그리움이 있다면
삶은 고독하지 않습니다

하루 해 날마다 뜨고 지고
눈물 날 것 같은 그리움도 있지만
나를 바라보는 맑은 눈동자 살아 빛나고
날마다 무르익어 가는 사랑이 있어
나의 삶은 의미가 있습니다

내 마음에 그려놓은
마음 착한
그 사람이 있어서

세상이 즐겁고
살아가는 재미가 있습니다

내가 사랑하는 사람아

내가 사랑하는 사람아
이 한목숨 다하는 날까지
사랑하여도 좋을 나의 사람아

봄, 여름, 그리고 가을, 겨울
그 모든 날이 다 지나도록
사랑하여도 좋을 나의 사람아

내가 사랑하는 사람아
내 눈에 항상 있고
내 가슴에 있어
내 심장과 함께 뛰어
늘 그리움으로 가득하게 하는
내가 사랑하는 사람아

날마다 보고 싶고
날마다 부르고 싶고
늘 함께 있어도 더 함께 있고 싶고
사랑의 날들이 평생이라 하여도

더 사랑하고 싶고
또다시 사랑하고 싶은
내가 사랑하는 사람아

우리 사랑하고 있다면

우리 사랑하고 있다면
다시 어디서든지 만날 수 있다

사랑을 잊지만 않는다면

목이 쉬도록 부르고픈 이름
그대를 그리워하는 그리움을
가슴에 담아놓고
온몸의 핏줄로 묶어놓으려 해도
핏줄 속까지 흐르는
그리움의 소리를 막을 수가 없다

못 견디어 몸살 나도록
풀리지 않는 아픔으로만
남고 싶지는 않다

떠나가려면 아주 떠나가라
아무런 생각도 없이 살아왔는데
느닷없이 다가오는

이유는 무엇이냐

마음의 허전함 때문이라면
그 그리움은 잘못이다
잊으려면 아주 잊어버려라

우리가 사랑하고 있다면
다시 어디서든지 만날 수 있다
사랑을 잊지만 않는다면

우리는 연인

사랑은
진실로만 아름다울 수 있습니다
그대를 보고 있으면
마냥 행복한 것은
나에게 진실하기 때문입니다

그대를 만나던 날
한 줄기 빛이 나에게
비추이는 것을
가슴으로 느낄 수 있었습니다

사랑이라는 빛
나의 삶에
나의 생명에
힘을 주는 빛입니다

우리의 사랑은
환상이 아니라 현실입니다

그대가 날 부르면
어디든지 달려갈 수 있고
내가 그대를 부르면
어디든 달려와 주니
우리는 서로 사랑하는 사이입니다

"보고 싶으면
언제든지 말해 만나줄게" 하는
그 말이 사랑하게 만듭니다

사랑하라

사랑하라
모든 것을
다 던져버려도
아무런 아낌없이
빠져들어라

사랑하라
인생에 있어서
이 얼마나 값진 순간이냐

사랑하라
투명한 햇살이
그대를 속속들이 비출 때
거짓과 오만
교만과 허세를 훌훌 털어버리고
진실 그대로 사랑하라

사랑하라
뜨거운 입맞춤으로

불타오르는 정열이 흘러내려

사랑이 마르지 않도록

목숨이 다하는 날까지

사랑하라

사랑하라

공개적인 사랑

우리들의 사랑이
제한이 없다고 말하면서도
사람들로부터 떠나고 싶어 하기도 하고
사람들 속에
파묻혀 버리고 싶어 하기도 합니다

아무도 모르게
사랑을 하고 싶어 하기도 하고
모든 사람에게
공개적으로 사랑을
나타내 보이고 싶어 하기도 합니다

사랑은 때로는
심술쟁이 같아 보입니다
그대를 닮은 모양입니다

그대의 얼굴 표정도
그날그날의
마음의 일기예보를 알려주기 때문입니다

우리 사랑은 역시

공개적인 사랑이어야겠습니다

남모를 사랑은 상처가 너무나 커서

평생토록 잊지 못할 것입니다

그대에게 누구든

나를 묻거든

그대의 연인이라 말해주십시오

너를 만나러 가는 길

나의 삶에서
너를 만남이 행복하다

내 가슴에 새겨진
너의 흔적들은
이 세상에서 내가 가질 수 있는
가장 아름다운 것이다

나의 길은
언제나
너를 만나러 가는 길이다

그리움으로 수놓은 길
이 길은 내 마지막 숨을 몰아쉴 때도
내가 사랑해야 할 길이다

이 지상에서
내가 만난 가장 행복한 길
늘 가고 싶은 길은
너를 만나러 가는 길이다

너를 어떻게 하면 좋으냐

늘 마음에 곱게만 다가오는
너를 어떻게 하면 좋으냐

늘 그리운 너를 안고 싶어
가슴이 저려오는데
너를 어떻게 하면 좋으냐

잔잔한 내 마음을 흔들어놓아
다가가면 뒷걸음치고 달아나는
너를 어떻게 하면 좋으냐

사랑의 불씨를 담고 있을 수 없어
마구 사랑하고 싶은데
너를 어떻게 하면 좋으냐

네 마음에 내 마음을 내려놓고
마음껏 사랑하고 싶은데
너를 어떻게 하면 좋으냐

내 마음에 그리움이란 정거장이 있습니다

내 마음에 그리움이란
정거장이 있습니다

그대를 본 순간부터
그대를 만난 날부터
마음엔 온통 보고픔이 돋아납니다
나는 늘 기다림 속에 살고 있습니다

그리움이란 정거장에
세워진 팻말에는
그대의 얼굴이 그려져 있고
'보고 싶다'는 말이 적혀 있습니다

그대가 내 마음의 정거장에 내릴 때면
온통 그리움으로 발돋움하며
서성이던 날들은 사라지고
그대가 내 마음을 환하게 밝혀줄 것입니다

내 눈앞에 서 있는

그대의 웃는 모습을 바라보며
어린아이처럼 좋아할 것입니다
그대를 기다림이 나는 즐겁습니다

단 한 사람만을

일생 동안
단 한 번
단 한 사람만을 사랑해도 좋으리라

때 묻지 않은 마음으로
욕심 없이 순수하게
사랑할 수 있다면

그대 마음이
얼음보다 더 차다 하여도
불보다 더 뜨거운
나의 심장으로 녹여가며 사랑하리라

그대를 평생토록
사랑할 수 있다면
안개구름
산허리를 껴안듯이

그대를 꼭 안아주며

언제나 그 자리에 서 있는

산처럼

그대를 지켜주리라

우리는 서로 사랑할 수 있습니다

우리는 서로 사랑할 수 있습니다
욕심 많은 세상에서
탐내지 않을 수 있는
용기가 있기 때문입니다

우리는 서로 인내할 수 있습니다
서두르는 세상에서
기다려줄 수 있는
마음의 여유가 있기 때문입니다

우리는 서로 그리워할 수 있습니다
허망한 세상에서
서로를 지키며 약속할 수 있는 힘과
가까이할 수 있는
마음이 있기 때문입니다

우리는 서로 함께 갈 수 있습니다
미움 많은 세상에서
기뻐할 수 있는 용기와

서로를 이해하며

마음을 나눌 수 있는 힘이 있기 때문입니다

우리는 서로 사랑할 수 있습니다

내가 좋아하는 이

내가 좋아하는 이
이 지상에 함께 살고 있음은
행복한 일입니다

우리가 태어남은
서로의 만남을 위함입니다

삶이
외로울 때
허전할 때
지쳐 있을 때

오랫동안 함께 있어도
편안하고 힘이 솟기에
이야기를 나누며 마음껏 웃을 수 있는
내가 좋아하는 이 있음은
신 나는 일입니다

온종일 떠올려도 기분이 좋고

사랑의 줄로 동여매고 싶어
내 마음에 가득 차오르는 이

내가 좋아하는 이
이 지상에 함께 살고 있음은
기쁜 일입니다

나를 좋아하는 이 있음은
두 팔로 가슴을 안고
환호하고 싶을 정도로
감동스러운 일입니다

내 목숨꽃 지는 날까지

내 목숨꽃 피었다가
소리 없이 지는 날까지
아무런 후회 없이
그대만을 사랑하고 싶습니다

겨우내 찬 바람에 할퀴었던
상처투성이에서도
봄꽃이 화려하게 피어나듯이

이렇게 화창한 봄날이라면
내 마음도 마음껏
풀어내었으면 좋겠습니다

이렇게 화창한 봄날이라면
한동안 모아두었던
그리움도 꽃으로 피워내고 싶습니다

행복이 가득한 꽃향기로
웃음이 가득한 꽃향기로

내가 어디를 가나
그대가 쫓아오고
내가 어디로 가나
그대가 앞서 갑니다

내 목숨꽃 피었다가
소리 없이 지는 날까지
아무런 후회 없이
그대만을 사랑하고 싶습니다

내 마음에 머무는 사람

한순간 내 마음에 불어오는
바람인 줄 알았습니다

이토록 오랫동안
내 마음을 사로잡고
머무를 줄은 몰랐습니다

이제는
잊을 수 없는 여운이 남아
지울 수 없는 흔적이 남아
그리움이 되었습니다

우리의 만남과 사랑이
풋사랑인 줄 알았더니
내 가슴에 새겨두어야 할
사랑이 되었습니다

그대에게 고백부터 해야 할 텐데
아직도 설익은 사과처럼

마음만 붉게 익어가고 있습니다

그대는
내 마음에 머무는
사람이 되었습니다

사람을 만나고 싶습니다

사람을 만나고 싶습니다
누구든이 아니라
마음이 통하고
눈길이 통하고
대화가 통하는 사람과
잠시만이라도 같이 있고 싶습니다

살아감이 괴로울 때는
만나는 사람이 있으면 힘이 생깁니다
살아감이 지루할 때면
보고픈 사람이 있으면 용기가 생깁니다

그리도 사람은 많은데
모두 다 바라보면
멋쩍은 모습으로 떠나가고
때론 못 볼 것을 본 것처럼 외면합니다

사람을 만나고 싶습니다
친구라 불러도 좋고

사랑하는 이라고 불러도 좋을

사람을 만나고 싶습니다

그대의 목소리가 듣고 싶다

전화를 보면
그대의 목소리가
듣고 싶다

내 마음에 다가오는
그 목소리로 인해
선 끝에서
선 끝으로
이어진 사랑

어디서든지
달려오는
그대의 마음

우리들의 속삭임이
끝나고
수화기는 놓였는데
아직도
그대의 목소리가 들린다

그대와 나
서로 사랑하기에

전화를 보면
그대의 목소리가
듣고 싶다

나를 바라보는 눈빛에서

나에게
그대는 편한 사람

그대로 인해
사랑의 문이 열릴 수 있음은
너무나 큰 행복입니다

소문도 없이 다가온 그대
약속도 없이 다가온 그대

나를 바라보는 눈빛에서
사랑을 느낄 수 있습니다

우리는
많은 사람들 속에서 만났지만
아무런 말 없이도
가까울 수 있습니다

나에게

그대가 있어
이 세상은 새롭게 변했습니다

우리는 서로
사랑하는 사람이 되었습니다

그대는
나에게 좋은 사람
나에게
그대는 사랑하는 사람

우리는 만나면 왜 그리도 좋을까

우리는
만나면
왜 그리도 좋을까

마음이 같고
생각이 같아

어떻게 이럴 수가 있을까
하는 우리는
서로 사랑하고 있습니다

우리는
거울이 되어
서로를 비추어주기에
서로를 잘 알 수 있습니다

우리는
만나면
왜 그리도 좋을까

그 이유는 하나입니다

우리는 서로

사랑하고 있기 때문입니다

우리는 서로

믿고 있기 때문입니다

그대는 꿈으로 와서

그대는
꿈으로 와서
가슴에 그리움을 수놓고
눈뜨면
보고픔으로 다가온다

그대는 새가 되어
내 마음에 살아
기쁠 때나 슬플 때나
그리움이란 울음을 운다

사랑을 하면
꽃 피워야 할 텐데
사랑을 하면
열매를 맺어야 할 텐데

달려갈 수도
뛰어들 수도 없는 우리는
살아가며 살아가며

그리워 그리워하며

하늘만 본다

네가 좋다 참말로 좋다

네가 좋다 참말로 좋다
이 넓디넓은 세상에
널 만나지 않았더라면
마른나무 가지에 앉아
홀로 울고 있는 새처럼 외로웠을 것이다

너를 사랑하는데
너를 좋아하는데
내 마음은 꽁꽁 얼어버린 것만 같아
사랑을 다 표현할 수 없으니
속 타는 마음을 어찌하나

모든 계절은 지나가도
또다시 돌아와
그 시절 그대로 꽃피어 나는데
우리들의 삶은 흘러가면
다시는 되돌아올 수 없어
사랑을 하고픈 걸 어이하나

내 마음을 다 표현 못 하면
지나칠까 두렵고
내 마음을 표현하면
떠나버릴까 두렵다

나는 네가 좋다 참말로 좋다
네가 좋아서 참말로 좋아서
사랑을 하고 싶다

가슴을 앓아도 가슴을 앓아도

가슴을 앓아도 가슴을 앓아도
그리움만으로 동동 발 구르기보다
기다림을 만남으로 바꾸어
그대 품에 파고들어
사랑만 했으면 좋겠다

가슴을 앓아도 가슴을 앓아도
삶의 가지 끝에 매달린 듯
홀로 남기는 싫으니
쌓이는 고독을 떨쳐버리고
사랑만 했으면 좋겠다

가슴을 앓아도 가슴을 앓아도
미친 듯이 펄럭이는 그리움
막아도 막아도 보고픈 마음
매어둘 수도 종잡을 수도 없으니
눈물방울만 떨어뜨리기보다
사랑만 했으면 좋겠다

가슴을 앓아도 가슴을 앓아도

고개를 떨군 채 외로운 가슴 억누르며

기억 속으로 떠나기 전에

내 심장에 살아 펄펄 뛰는 널

온몸이 젖어 들도록

사랑만 했으면 좋겠다

누군가를 사랑한다는 것은

누군가를
사랑한다는 것은

마음속에
그 사람이
가득 차오르는 것이다

나를 버리고
그를 따라
나서는 것이다

누군가를
사랑한다는 것은

그로 인해
기뻐하고 슬퍼하는 것이다

우리 살아가는 날 동안

우리 살아가는 날 동안
눈물이 핑 돌 정도로
감동스러운 일들이 많았으면 좋겠다

우리 살아가는 날 동안
가슴이 뭉클할 정도로
감격스러운 일들이 많았으면 좋겠다

우리 살아가는 날 동안
서로 얼싸안고
기뻐할 일들이 많았으면 좋겠다

너와 나 그리고 우리 모두에게
온 세상을 아름답게 할 일들이
많았으면 정말 좋겠다
우리 살아가는 날 동안에

아름다운 그대

아침 이슬에 젖어
막 피어나는 장미같이
아름다운 그대

온종일 그리움으로
심장이 마구 뛰었습니다

봄꽃이 활짝 피어나
향기를 온 세상에 보냄같이
늘 감동시키는 그대

그대를 사랑하는 마음으로
마음껏 표현해보라면
나는 어디서든지
사랑한다고 외칠 수 있습니다

그대를 너무나 사랑하기에
가슴에만 담아두기엔 열기가
너무나 뜨거워 온몸에

불꽃이 핍니다

그대가 안개꽃 피듯 미소를 지을 때면
내 마음과 내 입안 가득히
그대가 아름답다는
말들이 쌓여갑니다

아름다운 그대
우리 사랑이 온 세상 가득하도록
꽃으로 피어나게 하고 싶습니다

사랑의 시작

너를 만나던 날부터
그리움이 생겼다

외로움뿐이던 삶에
사랑이란 이름의
따뜻한 시선이 찾아들어 와
마음에 둥지를 틀었다

나의 눈동자가
너를 향하여 초점을 잡았다

혼자만으로는
어이할 수 없었던
고독한 시간들이
사랑을 나누는 시간이 되었다

너는 내 마음의
유리창을 두드렸다
나는 열고 말았다

혼자 생각

눈 뜨면 보이지 않는
그대가
눈 감으면
어느 사이에
내 곁에 와 있습니다

그대의 눈빛이 있는 곳에서 살고 싶다

내 심장이 뛰는 동안에
이 세상에서 가장 아름다운
그대의 눈빛이 있는 곳에서 살고 싶다

끝없이 반복될 것만 같은 시간도
언젠가는 영영 사라져 돌아올 수 없기에
봄날 지난 꽃향기가 가득하듯
한없이 밀려오는 사랑의 기쁨을 펼쳐놓는다

흘러가는 세월이 나를 쓱쓱 쳐대고
괴롭히고 흘러가 버려도
잊을 수 없도록 마음껏 사랑한 만큼
추억해도 좋고 그리워해도 좋다

처참하게 떨어진 꽃잎도
한때는 찬란하게 피어난 시절이 있었듯이
선명하게 사랑의 윤곽이 드러난다

세월의 마지막 길을 가야 할 때도

내 눈에 밟히는 그대를 떠날 수 없기에

봄이 오면 얼음이 녹듯이

따뜻한 피 돌게 하는

그대의 눈빛이 있는 곳에서 살고 싶다

늘 그리워지는 한 사람

철없는 마음인지 몰라도
늘 그리워지는 한 사람이 있습니다

꼭 하고픈 말이 있었는데
아무런 말도 못 하고
손 한 번 잡을 용기가 없어 망설였더니
세월도 흘러가고
그대도 떠나갔습니다

늘 새로운 변화만을 꿈꾸어 오던 나는
조바심만 가득해지고
삶이 고달파질 때면
늘 그대에게 가고픈 마음이 가득해졌습니다

그리움만 가득해 살아가기보다
그대가 스쳐 지나간다 해도
단 한 번만이라도 보고 싶습니다

그대를 늘 그리워하며 살고 있는

한 사람이 있다는 걸

잊지 말기를 바랍니다

우리가 만날 날만큼은

떠나가는 세월의 뒷모습은
잡을 수 없도록 멀어져 가는데
우리가 만날 날만큼은
아낌없는 사랑을 나누자

내 마음을 끌어당기며
내 눈동자 속에 들어온 네가
내 마음을 마구 두드리고 있는데
나는 어찌해야 하나

우리가 사랑하기엔
너무나 많은 세월이 흘렀고
너무나 많은 벽이 가로막고 있다

나에게 다가온 너를
놓치고 싶지 않다

우리가 만날 날만큼은
기억 저편 아득한 날에

헤어졌다 다시 만난 친한 친구처럼
시간이 더디 가도록 아주 천천히
웃으며 이야기를 나누자

오늘을
다시 오랜 시간이 흐른 후에도
추억할 수 있는 날로 만들자

어디쯤일까

어디쯤일까
풀잎 끝 바람 소리도 멎고
구름마저 흘러가지 않고
이 세상 모든 소리
다 잠잠하고
사랑 소리만
들을 수 있는 곳

맨살과 맨살이
맞닿아도 부끄럽지 않고
가슴과 가슴이
맞닿아도 좋을
소중한 목숨을 다하여
사랑할 수 있는 곳

온몸 가득한
사랑의 열기를 다 품어내어
삶이 가장 따뜻하게
느껴질 순간까지

모든 것을 다 떨쳐버리고
사랑할 수 있는 곳

어디쯤일까
우리의 둥지가 있을 곳
찾을 수 있다면
그날은
그대와 나 이 지상에서
가장 행복한 웃음소리를 낼 수 있으리라

포옹

구름이 한 아름으로 산을 품에 꼭 안듯
모든 것을 훌훌 벗어버리고
그대를 꼭 안을 수 있다면
얼마나 좋을까

온몸으로 느끼는 사랑
눈빛과 눈빛으로
가슴과 가슴으로
느낌이 통하는
사랑이면 얼마나 좋을까

사랑의 의미를 느낄 수 있는 시간
아무것도 필요 없이
둘만의 행복을 나눌 수 있는 시간
기쁨과 행복
포근함과 따뜻함
사랑의 모든 말들을 느낄 수 있는 시간

포옹은 사람의 가장 아름다운 조화

사랑의 깊고 깊은 표현이다

말로만 느끼던 사랑을
눈길로 받아들이고
손길로 받아들이고
온몸으로 느낀다

그대 나에게로 오는 날
깊은 포옹으로 받아들이면
한없이 걸어도 좋을
들판이 펼쳐지고
한없이 떠내려가도 좋을
바다 위에 떠 있을 것만 같다

내게는 가장 소중한 그대

이 지상에서
마지막 숨을 몰아쉴 때까지
붉게 물든 황혼의 빛깔로
사랑을 물들이며
살아갈 수 있다면
우리들의 삶은 아름다울 것입니다

고귀하고 소중한 삶이기에
뒤돌아보아도
후회하지 않을 만큼
다 익어 터져버린 석류처럼
내 가슴의 열정을 다 쏟아내며
영혼이 기쁘게 자유롭게
우리들의 삶을 살아가고 싶습니다

내 사랑의 솜씨가 서툴러
늘 엇갈리고, 늘 엉키고, 늘 뒤섞이지만
한결 순수하게 누구에게나
자연스럽게 보이는 사랑을 하고 싶습니다

지금도 내 가슴에 가득 차오르는
그리움으로 살아온 것만으로도
감사할 수 있습니다

우리 사랑을 여름날 나팔꽃처럼
알리고자 살아갑니다
우리 사랑을 황혼의 태양빛처럼
마지막 순간까지 아름답게
물들이고자 합니다

내게는 가장 소중한 그대여!

가슴이 터지도록 보고 싶은 날은

가슴이 터지도록 보고 싶은 날은
모든 것을 다 던져버리고
그대 있는 곳으로 가고 싶다

가식으로 덮여 있던
마음의 껍질을 훌훌 벗어버리면
얼마나 가볍고 홀가분한지
쌓였던 슬픔조차 달아나 버린다

촘촘하게 박혀 치명적으로 괴롭히던 고통이
하루 종일 못질해대면
내 모든 아픔을 다 식혀줄
그대와 사랑을 하고 싶다

깨웃음 풀어놓아 즐겁게 해주고
마음 후끈 달아오르게 하는
마냥 그리운 그대에게
내 마음을 있는 그대로 다 풀어놓고 싶다

어두운 절망을 다 걷어내고
맨살의 따뜻한 감촉으로
그대의 손을 잡아보고 싶다

바람마저 심술맞게 불어오고
눈물겹도록 그리워지면
그대에게 내 마음 고스란히 전해주고 싶어
미친 듯이 샅샅이 다 뒤져내어
그대를 찾아내어 사랑하고 싶다

가슴이 터지도록 보고 싶은 날은
그대가 어디론가 떠나 있어도
내 마음엔 언제나 그대가 있다

사람이 그리운 날

살다 보면 어느 날 갑자기
모든 것이 귀찮고 하기 싫고
오래 깃든 고독에 쓸쓸해
어디론가 떠나고 싶어
사람이 그리운 날이 있다

거친 세상 살다가 갑자기
외롭고 쓸쓸해지고
너무나 몰라주는 마음이 야속해
혼자 내동댕이쳐 진 듯 괴롭다

이리저리 끌려다니면
구석구석 피곤한데 별 소득 없고
산다는 것에 회의를 느낄 때
지친 몸 널브러져 홀로 외로워진다

늘 가슴 졸이고 참고만 살다가
마음 한쪽이 무너져 내리고
부서져서 너무나 쓰리고 아파서

참 많이 그리운 날이 있다

이러다가 무슨 일이 날 것 같아
자꾸만 포기하고 싶을 때
속 이야기를 들어줄 사람에게 달려가
품속의 아이처럼 꼭 안기고 싶다

우리 보고 싶으면 만나자

그리움이 마음의 모퉁이에서
눈물이 고이도록 번져나가면
간절한 맘 잔뜩 쌓아놓지 말고
망설임의 골목을 지나
우리 보고 싶으면 만나자

무슨 사연이 그리 많아
무슨 곡절이 그리 많아
끈적끈적 달라붙는 보고픈 마음을
번번이 막아놓는가
그렇게 고민하지만 말고
애타는 마음에 상처만 만들지 말고
우리 보고 싶으면 만나자

보고픈 생각이 심장의 혈관까지 찔러 와
속병이 드는데
만나지 못하면
세월이 흐른 후에 아무런 남김도 없이
억울함에 통곡한들 무슨 소용인가

남은 기억 속에 쓸쓸함으로 남기 전에
우리 보고 싶으면 만나자

그리워 하염없이 눈물만 흘리며
마음의 갈피를 못 잡고
뼛골이 사무치도록 서운했던 마음
다 떨쳐버리고
우리 보고 싶으면 만나자

그대와 나

그대와 나
설령 이 땅에서 함께하지 못할지라도
사랑으로 행복할 것입니다

사랑은 가슴에서 피어나서
영원으로 꽃피우는 것

계절이 가면 꽃도 지듯
우리들의 사랑도 그리 머무를 시간이 없습니다

사랑은 그 누가 외면하더라도
영원을 두고 타오릅니다
욕심은 허망합니다
사람들은 언제나 제자리로 돌아가기 때문입니다

우리는 서로
마주 바라보다
설령 떨어져 있을지라도
마음속 그리움을 이어가며

기억하고 있을 것입니다

그대의 뜨뜻함과 잔잔한 미소를
나는 잊을 수가 없습니다

그대와 나
설령 이 땅에서 함께하지 못할지라도
사랑으로 행복할 것입니다

이런 날이면

비 오는 날
그대에게 전화를 걸었습니다

이런 날이면
아무런 이유가 없어도
그대를 만나고 싶습니다

울적해지는 마음
산다는 의미를 생각해보고
살아온 길을 생각해보다가
허무에 빠지게 되면
온몸이 탈진한 듯
힘이 없습니다

나의 연인이여
사랑하는 사람아
이런 날이면
그대가 먼저 전화를 해

"보고 싶다 우리 만나자" 하면
정말 얼마나 좋겠습니까

네가 내 가슴에 없는 날은

친구야
우리가 꿈이 무엇인가를
알았을 때

하늘의 수많은 별들이
빛나는 이유를 알고 싶었지

그때마다
우리들의 마음에
꽃으로 피어나더니
아이들의 비눗방울처럼 크고 작게
하늘로 하늘로 퍼져 나갔다

친구야
우리들의 꿈이 현실이 되었을 때
커다랗게 웃었지
우리들의 꿈이 산산이 깨져버렸을 때
얼싸안고 울었다

욕심 없던 날
우리들의 꿈은 하나였지

친구야
너를 부른다
네가 내 가슴에 없는 날은
이 세상에 아무것도 없었다

2부
늘 그리움이란

사랑의 지도

사랑할 때는 내 마음에
언제나 그대에게 찾아갈 수 있는
사랑의 지도가
한 장 있었으면 좋겠습니다

사랑에 깊이 빠지면
길을 잃어버릴 때가 있습니다
사랑도 멀리 떨어져 있으면
소식을 몰라 길을 헤맬 때가 있습니다

사랑을 할 때는
내 마음의 지도에 그대가 있는 곳이
언제나 표시되어 있었으면 좋겠습니다

사랑을 할 때는 두 눈을 크게 뜨고
내 마음의 지도를 펴고
그대가 있는 곳을 표시해놓고 싶습니다

보고플 때나 그리워질 때

언제든지 달려갈 수 있는 길을

찾아놓고 싶습니다

처음처럼

우리 만났을 때
그때처럼
처음처럼
언제나 그렇게 순수하게
사랑하고 싶습니다

처음 연인으로 느꼈던
그 순간 느낌대로
언제나 그렇게 아름답게
사랑하고 싶습니다

퇴색하거나
변질하거나
욕심 부리지 않고

우리 만났을 때
그때처럼
처음처럼

사과

붉은 유혹에
한입 덥석 깨물었더니
피는 쏟아지지 않고
하얀 속살만 보인다

꼭 만나지 않아도 좋은 사람

늘 그리움이란
책장을 넘기면
떠오르는 사람들

사랑을 하지 않았어도
어떤 약속이 없어도
가끔씩 생각 속에
찾아와서는
미소 짓게 하는 사람들

어린 시절부터 지금까지
삶의 가까이
삶의 멀리서
언제나 훈훈한 정감이
가득한 사람들 그런 사람들
꼭 만나지 않아도 좋은 사람들

바라만 보아도 좋은
상큼한 과일 같은 사람들

첫사랑

볼이 빨개졌지요

가슴이
두근두근
마구 뛰었지요

누가 마음 알까
숨고만 싶었지요

우리 만나 기분 좋은 날

우리 만나 기분 좋은 날은
강변을 거닐어도 좋고
돌담길을 거닐어도 좋고
공원의 벤치에 앉아 있어도 좋습니다

우리 만나 기분 좋은 날은
레스토랑에 앉아 있어도 좋고
카페에 들어가도 좋고
스카이라운지에 있어도 좋습니다

우리 만나 기분 좋은 날은
이 세상이 온통 우리를 위하여
축제라도 열어놓은 듯합니다

하늘에 폭죽을 쏘아놓은 듯
별빛이 가득하고
거리의 네온사인은 모두
우리들을 위한 사랑의 시입니다

우리 만나 기분 좋은 날은
서로 무슨 말을 해도
웃고 또 웃기만 합니다
또한 행복합니다

어떤 날

손을 흔들고 싶은 날이 있습니다
사랑하는 사람들이
몹시도 보고 싶은 날이 있습니다

모두 다 만나 실컷 떠들어대고
마음껏 웃어보고
마음껏 소리치며
노래도 부르고픈 날이 있습니다

마구 달아나고 싶은 날이 있습니다
두 다리 쭉 뻗고
통곡하듯 울고픈 날이 있습니다

미운 사람들에게 욕이나 실컷 퍼부어 주고
꼼짝 않고 며칠간 누워
잠이나 푹 자고 싶은 날이 있습니다

하루 종일 돌아다니고 싶은 날이 있습니다
영화, 연극, 음악 감상과 쇼핑을 마음껏

누구에게도 간섭을 받지 않고
하고픈 날이 있습니다

이 마음 내 마음만이 아니라
모두들 하고픈 마음일 테니
오늘도 삶을 사랑하는 마음으로
사랑의 길을 가겠습니다

행복한 날

푸른 하늘만 보아도
행복한 날이 있습니다

그 하늘 아래서
그대와 함께 있으면
마냥 기뻐서
그대에게 고맙다는 말을 하고 싶어집니다

그대가 나에게 와주지 않았다면
내 마음은 아직도
빈 들판을 떠돌고 있었을 것입니다

늘 나를 챙겨주고
늘 나를 걱정해주는
그대 마음이 너무나 따뜻합니다

그대의 사랑을
내 마음에 담을 수 있어서
참으로 행복합니다

이 행복한 날에
그대도 내 마음을 알아주었으면 좋겠습니다
내가 얼마나 그대를 사랑하는지

그대와 함께하는 날은
마음이 한결 가벼워지고
꿈만 같아 행복합니다

나는 그를 좋아합니다

그는 미모가 뛰어나지 않고
세련되지 않았습니다
완벽해 보이지 않지만 여유가 있고
늘 정장을 입기보다 편한 옷을 좋아합니다

그는 호기심이 많고 의리가 있습니다
모든 일에 진실하고 사귐에는 끈기가 있고
먼저 웃으며 인사를 하고 어울리기를 잘합니다

그는 퉁명스럽거나 비판적이지 않고
거만하지 않으며 늘 웃음이 있는 얼굴이기에
바라보는 사람이 편합니다
그의 이야기를 듣고 있으면
순간 포착과 유머가 넘쳐 웃음이 터져 나옵니다

같이 있다 보면 시간 가는 줄도 모르게 되고
늘 인상 깊은 말로 여운을 남겨줍니다

나는 그를 좋아합니다

그는 늘 삶에 활력을 불어넣어 줍니다
새로운 것을 시도하는 데 주저하지 않으며
모든 일에 열심과 최선을 다하는 모습이
보기에도 행복해 보입니다

사랑한다는 말을 하고 싶을 때

내 심장에 사랑의 불이 켜지면
목 안 깊숙이 숨어 있던
사랑한다는 말이 하고 싶어
입안에 침이 자꾸만 고여든다

그대 마음 기슭에 닿아서
사랑의 닻을 내려놓을 때
나는 외로움에서 벗어날 수 있다

내 가슴을 진동시키고
눈물겹도록 사랑해도 좋을
그대를 만났으니
사랑의 고백을 멈출 수가 없다

견디기 힘들었던 시간이 지나고 나면
속 태우던 가슴앓이 다 던져버리고
그대에게 사랑한다는 말을 할 때
내 슬픔은 끝날 것이다

외로웠던 만큼 열렬하게 사랑하며
무성하게 자랐던 고독의 잡초를 잘라버리고
사랑의 새순이 돋아 큰 나무가 될 때까지
그대를 사랑하겠다

추억 하나쯤은

추억 하나쯤은
꼬깃꼬깃 접어서
마음속에 넣어둘 걸 그랬다

살다가 문득 생각이 나면
꾹꾹 눌러 참고 있던 것들을
살짝 다시 꺼내보고 풀어보고 싶다

목매달고 애원했던 것들도
세월이 지나가면
뭐 그리 대단한 것도 아니다

끊어지고 이어지고
이어지고 끊어지는 것이
인연인가 보다

잊어보려고
말끔히 지워버렸는데
왜 다시 이어놓고 싶을까

그리움 탓에 서먹서먹하고

앙상해져 버린 마음

다시 따뜻하게 안아주고 싶다

너를 만나면 더 멋지게 살고 싶다

너를 만나면
눈인사를 나눌 때부터
재미가 넘친다

짧은 유머에도
깔깔 웃어주는 너의 모습이
내 마음을 간질인다

너를 만나면
나는 영웅이라도 된 듯
큰 소리로 떠들어댄다

너를 만나면
어지럽게 맴돌다 지쳐 있던
나의 마음에 생기가 돌아
더 멋지게 살고 싶어진다

너를 만나면
온 세상에 아무런 부러울 것이 없다

나는 너를 만날 수 있어
신 난다

너를 만나면
더 멋지게 살고 싶어진다

추억이란

흘러간 세월 속에
정지된 시간 속의 그리움이다

그리움의 창을 넘어
달려가고픈 마음이다

삶이 외로울 때
삶이 지쳐 있을 때
삶이 고달파질 때

추억이란
잊어버리려 해도
잊을 수 없어
평생토록 꺼내 보고 또 꺼내 보는
마음속의 일기장이다

추억은 지나간 시간들이기에
아름답다
그리움으로 인해
내 영혼이 맑아진다

꿈만 같은 날

꿈만 같은 날이
어느 날 갑자기 찾아온다면
심장이 터질 듯한
기쁨에 얼마나 신 나고 좋을까

꿈꾸고 상상하고
간절히 원하던 일들이
눈앞에 그림처럼 펼쳐진다면
살 재미가 톡톡 날 것 같다

아이처럼 좋아서 날뛰고
기뻐서 소리를 지르고
즐거워서 눈물이 펑펑 쏟아지고
미치도록 좋아할 것 같다

단 하루만이라도
꿈만 같은 날이
한순간에 찾아온다면
정말 아주 참 많이 좋겠다

가장 외로운 날엔

모두 다 떠돌이 세상살이
살면서 살면서
가장 외로운 날엔 누구를 만나야 할까

살아갈수록 서툴기만 한 세상살이
맨몸, 맨손, 맨발로 버틴 삶이 서러워
괜스레 눈물이 나고 고달파
모든 것에서 벗어나고만 싶었다

모두 다 제멋에 취해
우정이니 사랑이니 멋진 포장을 해도
때로는 서로의 필요 때문에
만나고 헤어지는 우리들
텅 빈 가슴에 생채기가 찢어지도록 아프다

만나면 하고픈 이야기가 많은데
생각하면 눈물만 나는 세상
가슴을 열고 욕심 없이 사심 없이
같이 웃고 같이 울어줄 누가 있을까

인파 속을 헤치며 슬픔에 젖은 몸으로
홀로 낄낄대며 웃어도 보고
꺼이꺼이 울며 생각도 해보았지만
살면서 살면서 가장 외로운 날엔
아무도 만날 사람이 없다

그대가 그리워지는 날에는

그대가 그리워지는 날에는

밤하늘에 떠오른
별들의 숫자보다
더 많게
그대의 이름이 떠오른다

한낮의 태양 빛보다
더 밝고 밝게
그대의 웃는 얼굴이
내 가슴에 다가온다

그대가 그리워지는 날에는

온 땅에 피어나는
꽃들의 숫자보다
더 많게
그대의 이름을 부른다

바다에 넘치는 파도보다

더 많고 많게

그대를 보고픈 그리움이

내 가슴에 넘친다

자연스런 아름다움

우리가 남긴 자취를
먼 훗날에 보더라도
씁쓸하게 웃어버리는
쓰디쓴 미소를 만들지는 말아야 합니다

그대의 모습이 좋습니다
화장을 짙게 하면
타인을 보고 있는 듯
그대의 아름다움을 볼 수 없습니다

사랑은 가난한 마음이어야 합니다
사랑은 청결한 마음이어야 합니다
사랑은 독점이 아니라 나눔입니다

우리 사랑은 꽃꽂이같이
좋은 것들로만
장식하는 잔인한 작업일 수는 없습니다

아름다운 장식 꽃일수록

생명을 잘라내어
조작된 아름다움을 만들기 때문입니다

오래 머물러 향기를 발해야 할 꽃이
며칠간의 눈요기가 되는 것은
괴로운 일입니다

자연스럽게
그대를 사랑하고 싶습니다

그대를 사랑한 뒤로는

그대를 사랑한 뒤로는
내 마음이 그리도 달라질 수 있을까요
온 세상 주인이라도 된 듯
보이는 것마다
만나는 것마다
어찌 그리도 좋을까요
사랑이 병이라면
오래도록 앓아도 좋겠습니다

그대를 사랑한 뒤로는
내 영혼이 그리도 달라질 수 있을까요
온 세상 모두 다 아름다워
보이는 것마다
만나는 것마다
어찌 그리도 좋을까요
사랑이 불꽃이라면
온 영혼을 살라도 좋겠습니다

내 기억에 남아 웃고 있는 당신은

내 기억에 남아 웃고 있는 당신은
나 모르는 사이에
어찌할 수 없는
그리움으로 다가옵니다

시간이 가고
세월이 흘러
몇 발자국씩 멀어졌는데
이리도 선명하게 다가옴은
사랑이었다는 말밖에는 할 말이 없습니다

한순간
아무런 의미도 없는 듯
돌아섰는데
이리도 내 기억에 남아 웃고 있는 당신은
어찌할 수 없는
그리움으로 다가옵니다

만나면 편한 사람

그대를 생각하면
마음이 따뜻해집니다
그대의 얼굴만 보고 있어도
마음이 편안해집니다

그대는 내 삶에
잔잔히 사랑이 흐르게 하는
힘이 있습니다

그대를 기다리고만 있어도 좋고
만나면 오랫동안
속삭이고만 싶습니다

마주 바라보고만 있어도 좋고
영화를 보아도 좋고
커피 한 잔에도 행복해지고
함께 거리를 걸어도 편한 사람입니다

멀리 있어도 가까이 있는 듯 느껴지고

가까이 있어도 부담을 주지 않고
언제나 힘이 되어주고
쓸데없는 걱정을 하지 않아도 됩니다

한도 끝도 없이 이어지는 이야기 속에
잔잔한 웃음을 짓게 하고
만나면 편안한 마음에
시간이 흐르는 속도를 잊어버리도록
즐겁게 만들어줍니다

그대는 내 남은 사랑을 다 쏟아
사랑하고픈 사람
내 소중한 꿈을 이루게 해주기에
만나면 만날수록 편안합니다

그대는 내 삶에
잔잔한 정겨움이 흐르게 하는
힘이 있습니다

우리는 작은 사랑으로도 행복하다

우리는 작은 사랑으로도 행복을 느낄 수 있다
세상은 사랑으로 넘쳐난다
드라마도 영화도 연극도 시와 소설도 음악도
모두 사랑을 주제로 하고 있다

사랑이 크고 떠들썩하다고 행복한 것은 아니다
꽃이 크다고 다 아름답지는 않다
작은 꽃들도 눈부시게 아름답다
우리는 거창한 사랑보다
작은 사랑 때문에 행복할 수 있다
한마디의 말, 진실한 눈빛으로 다가오는
따뜻한 시선을 만날 때

반갑게 잡아주는 정겨운 손
좋은 날을 기억해주는 작은 선물
몸이 아플 때 위로해주는 전화 한 통
기도해주는 사랑의 마음
모두 작게만 느껴질 수도 있지만
그 작은 일들이 우리를 행복하게 만들어준다

수많은 사람에게

우리 마음에서 우러나오는 작은 사랑을 나눈다면

행복과 사랑을 나누어주는 멋진 사람이 될 것이다

비 내리는 창밖을 바라보며

내 마음을 통째로
그리움에 빠뜨려버리는 궂은비가
하루 종일 내리고 있습니다

굵은 빗방울이
창을 두드리고 부딪치니
외로워지는 내 마음이 흔들립니다

비 내리는 창밖을 바라보면
그리움마저 애잔하게
빗물과 함께 흘러내려
나만 홀로 외롭게 남아 있습니다

쏟아지는 빗줄기로
모든 것들이 다 젖고 있는데
내 마음의 샛길은 메말라 젖어 들지 못합니다

그리움이 얼마나 고통을 주는지
눈물이 흐르는 걸 보면

내가 그대를 무척 사랑하는가 봅니다
우리 함께 즐거웠던 순간들이
더 생각납니다

그대가 불쑥 찾아올 것만 같다는 생각을
지금도 하고 있습니다

창밖에는 비가 내리고 있습니다
그대가 보고 싶습니다

그대가 무척 보고 싶을 때

그대가 무척 보고 싶을 때가 있다

거리를 걷다가
풀어진 신발 끈을 묶다가
마음이 갑자기 허무해질 때

골똘히 책을 읽다가
마음이 고독해질 때
내 마음을 알고 있는
그대의 눈망울에서
내 사랑을 읽을 수 있다

그대가 무척 보고 싶을 때가 있다

식당에서 혼자 밥을 먹다가
마음이 갑자기 서글퍼질 때
시를 쓰다가
마음이 갑자기 허전해질 때

내 마음을 알아주는
그대의 웃는 얼굴에서
내 사랑을 읽을 수 있다

그날 밤은

그날 밤은
잠이 오지 않았습니다

생각에 생각이 겹쳐서
다가오는 그대 모습에
나는 잠들 수 없었습니다

그날 밤은
생불을 질러놓은 듯
펄쩍펄쩍 날뛰고 싶었습니다

밤의 어둠이 깊어
그대에게로 가는 길을 막아놓았기에
방 안 가득히
불을 켜놓았습니다

그러나
생각은
그대 곁으로 이미 떠나고 없었습니다

그날 밤은

그대 생각에

오랫동안 잠들지 못했습니다

이 그리움을 어찌해야 합니까

그대 마음이 굳게 닫혀버리면
생가슴을 찢어놓은 듯 사무치는
이 그리움을 어찌해야 합니까

어두운 밤
나뭇가지 끝에 붙여놓은 듯한
초승달처럼
애처롭게 흔들리는
내 마음을 아십니까

그대 사랑이 이제껏 내 마음에
빈 바람으로 불어온 것입니까
그리움도 기다림도 모두 다
던져버려야 오시겠습니까

나 홀로 버려두고 어쩌자는 것입니까
사랑이 병이 들어
그리움의 피를 쏟아내고 있는데
어쩌자는 것입니까

내 가슴 안에 그대가
시퍼렇게 살아 있는데
두 눈을 감은 듯 잊어버리자는 것입니까

내 마음을 달아오르게 하는
그대의 숨결이 듣고 싶은데
이 그리움을 어찌해야 합니까

외로울 거야

외로울 거야
피가 말갛게 흐르는 시간을
어떻게 보낼까

가슴에 구멍이 숭숭 뚫려
바람이 세차게 불어올 텐데
외로울 거야

떠날 만큼 떠나고
돌아설 만큼 돌아서서
그리운 마음 꾸욱 눌러놓았어도
외로울 거야

날마다 차곡차곡 쌓이는 그리움
등 따습게 기대고 살려면
마음의 물꼬는 트고 살아야지
싸늘하게 냉기를 불어 넣으면
어떻게 감당하며 사냐

잔잔히 떠도는 그리움에

사랑한다는 말

그립다는 말

보고 싶다는 말이 맴도는데

숨이 꼴깍 넘어가도록 외로울 거야

소낙비 쏟아지듯 살고 싶다

여름날 소낙비가 시원스레 쏟아질 때면
온 세상이 새롭게 씻어지고
내 마음까지 깨끗이 씻어지는 것만 같아
기분이 상쾌해져 행복합니다

어린 시절 소낙비가 쏟아져 내리는 날이면
그 비를 맞는 재미가 있어
속옷이 다 젖도록 그 비를 온몸으로 다 맞으며
집으로 돌아왔습니다

흠뻑 젖어 드는 기쁨이 있었기에
온몸으로 온몸으로
다 받아들이고 싶었습니다
나이가 들며 소낙비를 어린 날처럼
온몸으로 다 맞을 수는 없지만
나의 삶을 소낙비 쏟아지듯 살고 싶습니다

신이 나도록
멋있게

열정적으로

후회 없이 소낙비 시원스레 쏟아지듯 살면

황혼까지도 붉게 붉게 아름답게 물들 것입니다

사랑도 그렇게 하고 싶습니다

잃어버린 우산

빗속을 거닐 때는
결코 잃어버릴 수 없었는데
비가 갠 후에
일에 쫓기다 보니
깜박 잃어버리고 말았습니다

사랑할 때는
결코 이별을 생각하지 않았는데
마음을 접어두고
서로의 길을 가다 보니
사랑을 잊고 살다 보니
헤어져 버린 우리가 되었습니다

비 올 때 다시 찾는 우산처럼
그리움이 쏟아질 때면
그대는 언제나
홀로 펼치고 선 우산 속의 내 마음에
다시 찾아오고 있습니다

사랑이라는 비는

오늘이 아니라

언제나 내렸으면 좋겠습니다

하루 종일 비가 내리는 날은

하루 종일 비가 내리는 날은
사랑에 더 목마르다

왠지 초라해진 내 모습을 바라보며
그대에게 떠내려가고 싶다
내 마음에 그대의 모습이 젖어 들어 온다
빗물에 그대의 얼굴이 떠오른다

빗물과 함께
그대와 함께 나눈 즐거운 시간들이
그대를 보고픈 그리움이
내 가슴 한복판에 흘러내린다

여기저기 흩어져 있던 그리움이
구름처럼 몰려와
내 마음에 보고픔을 쏟아놓는다

하루 종일 비가 내리는 날은
온몸에 쏟아지는 비를 다 맞고서라도

마음이 착하고 고운
그대를 만나러 달려가고 싶다

지금 비가 내리고 있습니다

지금 비가 내리고 있습니다
창밖을 내다보다
그대가 그리워졌습니다

비가 내리는 날은
보고픈 사람이 있습니다
만나고 싶은 사람이 있습니다

비가 내리는 날은
우산을 같이 쓰고
걷고픈 사람이 있습니다

한적한 카페에서
비가 멈출 때까지
이야기하고픈 사람이 있습니다

지금 내 마음에도 비가 내리고 있습니다
그대 마음에도 비가 내리고 있습니까

계절이 지날 때마다

계절이 지날 때마다
그리움을 마구 풀어놓으면

봄에는
꽃으로 피어나고
여름에는
비가 되어 쏟아져 내리고
가을에는
오색 낙엽이 되어 떨어지고
겨울에는
눈이 되어 펑펑 쏟아져 내리며
내게로 오는 그대

그대 다시 만나면
개구쟁이같이
속없는 짓 하지 않고
좋은 일들만
우리에게 있을 것만 같다

목련꽃 지는 날은

목련꽃 지는 날은
목 놓아 울고만 싶어진다

어찌 그 찬란함이
한순간에 사라지고
버림당한 거리의 여자처럼
짓밟히고 있는가

그 순결한 아름다움은
어디로 가고
속옷마저 벗어 던지고
추파를 보내는가

목련꽃 지는 날은
가슴이 아프다

한 잎 한 잎 주워도 보았지만
모두 다 떨구고 마는
너의 찬란했던 시간들을

나는 어찌할 수 없구나
나는 어찌할 수 없구나

목련꽃 지는 날에는
사랑하는 여인의 이름을
부르며 울고만 싶다

꽃 피는 봄엔

봄이 와
온 산천에 꽃이 신 나도록 필 때면
사랑하지 않고서는 못 배기리라

겨우내 얼었던 가슴을
따뜻한 바람으로 녹이고
겨우내 말랐던 입술을
촉촉한 이슬비로 적셔주리니
사랑하지 않고서는 못 배기리라

온몸에 생기가 나고
눈빛마저 촉촉해지니
꽃 피는 봄엔
사랑하지 않고서는 못 배기리라

봄이 와
온 산천에 꽃이 피어
임에게 바치라 향기는 날리는데

아, 이 봄에

사랑하는 임이 없다면 어이하리

꽃 피는 봄엔

사랑하지 않고서는 못 배기리라

목련꽃 피는 봄날에

봄 햇살에 간지럼을 타
웃음보가 터진 듯
피어나는 목련꽃 앞에
그대가 서면
금방이라도 얼굴이
더 밝아질 것만 같습니다

삶을 살아가며
가장 행복한 모습 그대로
피어나는 이 꽃을
그대에게 한 아름
선물할 수는 없지만

함께 바라볼 수 있는
기쁨만으로도
행복합니다

봄날은
낮은 낮대로

밤은 밤대로
꽃들의 이야기를 나눌 수 있습니다

활짝 피어나는 목련꽃들이
그대 마음에
웃음보따리를
한 아름 선물합니다

목련꽃 피어나는 거리를
그대와 함께 걸으면 행복합니다

우리들의 사랑도 함께
피어나기 때문입니다

봄 강에 가보셨습니까

봄 강에 가보셨습니까

지난겨울 못다 한 이야기들을 수군대며
흐르는 강물을 바라보고 있으면
싱그러운 봄 내음에
사랑을 고백하지 않아도
젖어 들 것입니다

봄 햇살을 받아
잔잔히 빛나는 물결에
내 마음도 물결칩니다

봄날에만 느낄 수 있는
따뜻함과 그 정겨움 속에
그대와 함께 있음이 행복합니다

봄 강가를 거닐어보셨습니까

겨우내 움츠렸던 봄 강물이

살짝 발을 내민 듯한
하얀 모래사장을 걷는 기분이
얼마나 상쾌한지 아십니까

강변의 연초록 색감이
눈에 번지고
엷게 푸른 봄 하늘이
가슴에 가득해집니다

꽃향기 가득 몰고 오는
봄바람을 마음에 담고 있으면
그대를 가슴에
꼭 안고만 싶습니다

봄꽃 피는 날

봄꽃 피는 날
난 알았습니다
내 마음에
사랑나무 한 그루 서 있다는 걸

봄꽃 피는 날
난 알았습니다
내 마음에도
꽃이 활짝 피어나는 걸

봄꽃 피는 날
난 알았습니다
그대가 나를 보고
활짝 웃는 이유를

봄이야

봄이야, 만나야지
바람 불어 꽃잎을 달아주는데
너의 가슴에
무슨 꽃 피워줄까

봄이야, 사랑해야지
춤추듯 푸른 들판이 펼쳐지는데
목련은 누가 다가와
가슴 살짝 열고 밝게 웃을까

봄이야, 시작해야지
담장에선
개나리꽃들이 재잘거리는데
두꺼운 외투를 벗어버리고
우리들의 이야기를 꽃피워야지

가을을 파는 꽃집

꽃집에서
가을을 팔고 있습니다

가을 연인 같은 갈대와 마른 나뭇가지
그리고 가을꽃들
가을이 다 모여 있습니다

하지만
가을바람은 준비하지 못했습니다
거리에서 가슴으로 느껴보세요
사람들 속에서도 불어오니까요
어느 사이에
그대 가슴에도 불고 있지 않나요

가을을 느끼고 싶은 사람들
가을과 함께하고 싶은 사람들은
가을을 파는 꽃집으로
다 찾아오세요

가을을 팝니다

원하는 만큼 팔고 있습니다

고독은 덤으로 드리겠습니다

가을비를 맞으며

촉촉이 내리는
가을비를 맞으며
얼마만큼의 삶을
내 가슴에 적셔왔는가
생각해본다

열심히 살아가는 것인가
언제나 마음 한구석이
허전한 채 살아왔는데
훌쩍 떠날 날이 오면
미련 없이 떠나버려도
좋을 만큼 살아왔는가

봄비는 가을을 위해 있다지만
가을비는 무엇을 위해 있는 것일까
싸늘한 감촉이
인생의 끝에서 서성이는 자들에게
가라는 신호인 듯한데

온몸을 적실 만큼

가을비를 맞으면

그때는 무슨 옷으로 갈아입고

내일을 가야 하는가

가을이 가네

가을이 가네
빛 고운 낙엽들이 늘어놓은
세상 푸념 다 듣지 못했는데
발뒤꿈치 들고 뒤돌아보지도 않고
가을이 가네

가을이 가네
내 가슴에 찾아온 고독을
잔주름 가득한 벗을 만나
뜨거운 커피를 마시며 함께 나누려는데
가을이 가네

가을이 가네
세파에 찌든 가슴을 펴려고
여행을 막 떠나려는데
야속하게 기다려주지 않고
가을이 가네

가을이 가네

내 인생도 떠나가야만 하기에
사랑에 흠뻑 빠져들고픈데
잘 다듬은 사랑이 익어가는데
가을이 가네

가을 이야기

가을이
거기에 있었습니다

숲길을 지나
곱게 물든 단풍잎들 속에
우리가 미처 나누지 못한
사랑 이야기가 있었습니다

푸른 하늘 아래
마음껏 탄성을 질러도 좋을
우리를 어디론가 떠나고 싶게 하는
설렘이 있었습니다

가을이
거기에 있었습니다

갈바람에 떨어지는 노란 은행잎들 속에
우리의 꿈과 같은
사랑 이야기가 있었습니다

호반에는
가을 떠나보내는 진혼곡이 울리고
헤어짐을 아쉬워하는
가을 이야기가 있었습니다
한 잔의 커피와 같은
삶의 이야기

가을이
거기에 있었습니다

가을이 오면

가을이 오면
가을빛 사랑을 하고 싶습니다

가을비에 젖어
가을 색으로 물든
가을 사랑을 하고 싶습니다

사랑하다는 말은 없었어도
좋아한 사람
좋아한다는 말은 없었어도
사랑한 사람

그리움은
그리움일 때가
더욱 아름답습니다

가을이 오면
내 마음은 진실을 말하고 싶어집니다

가을이 오면

가을빛 사랑을 하고 싶어집니다

가을 단상

단 하나의 낙엽이 떨어질 때부터
가을은 시작하는 것
우리들 가슴은 어디선가 불어온 바람에
거리로 나서고
외로움은 외로움대로
그리움은 그리움대로
낙엽과 함께 날리며 갑니다

사랑은 계절의 한 모퉁이
공원 벤치에서 떨리는 속삭임을 하고
만남은 헤어짐을 위하여 마련되듯
우리들의 젊은 언어의 식탁엔
몇 가지의 논리가 열기를 발할 것입니다

가을이 푸른 하늘로 떠나갈 무렵
호주머니 깊이 두 손을 넣은 사내는
어느 골목을 돌며 외투 깃을 올리고
여인들은 머플러 속에 얼굴을 감추고 떠날 것입니다

모든 아쉬움은 탐스런 열매들을 보며
잊혀가고 초록빛들이 사라져갈 무렵
거리엔 빨간 사과들이 등장할 것입니다

가을 하루

하루가 창을 열었습니다
막 필름을 갈아 낀 사진기자의 눈동자처럼
초점을 맞추며 거리를 나섭니다

시인의 노래보다 더 푸른 하늘에
빨간 점 하나 찍으며 날아온 고추잠자리
가지 끝에 달려 있는 나뭇잎에
외마디처럼 남아 있던 가을이 바람에 날립니다

오늘은 기억에 남을 몇 장의
스냅사진 같은 일들이 있었으면 좋겠습니다

수북이 쌓인 낙엽과 함께
나의 발자국마저 쓸어 담는 청소부를 보며
마음만 외로워져 돌아왔습니다

겨울 여행

새벽 공기가
코끝을 싸늘하게 만든다

달리는 열차의 창밖으로 바라보이는
들판은 밤새 내린 서리에
감기가 들었는지
내 몸까지 들썩거린다

스쳐 지나가는 어느 마을
어느 집 감나무 가지 끝에는
감 하나 오들오들 떨고 있다

갑자기 함박눈이
펑펑 쏟아져 내린다

삶 속에서 떠나는 여행
한 잔의 커피를 마시며
홀로 느껴보는 즐거움이
온몸을 적셔온다

눈이 만든 풍경

눈이 내립니다
하얀 눈이 솜털 날리듯이 춤추며
온 세상을 하얗게 덮습니다

하늘의 축복을 다 받은 듯이
기분이 상쾌해지고
내 마음이 행복해집니다
하늘의 사랑을 다 받은 듯이
내 마음이 따뜻해집니다

하얀 눈길을 걸으면
발아래 눈 밟히는 소리가 들립니다
오늘은 기분 좋은 일이 일어날 것만 같습니다
눈이 내린 풍경은
동화 속의 그림을 만들어놓습니다

하얀 눈이 쌓여갑니다

눈이 내리는 날이면

누군가를 사랑한다는 말을
고백하고 싶어집니다

내 마음에는
사랑이 내리고 있습니다

3부

어느 날 하루는

여행은 추억을 만든다

외로움이 쌓여
여행을 떠나면
마냥 동경하고 그리워했던 곳들이
하나둘 눈앞에
현실이 되어 나타난다

여행은
보고 듣고 말하고 느끼고
가슴에 담고 새기며
만나는 것들을 새롭게 안겨준다

내 눈에 찾아들어 온
아름다운 풍경이
가슴에 남아 한 편의 시가 된다

여행 중 마시는 한 잔의 커피는
외로움을 타는
내 몸에 겹겹이 흘러들어
산다는 의미를 새겨준다

여행은 삶에
추억을 만든다

여행을 떠나라

분주하고 복잡한 일상을 접어놓고
홀가분한 마음으로
짐은 가볍게 마음은 편하게
훌쩍 여행을 떠나라

푸른 하늘을 마음껏 바라보고
드넓은 바다를 만나
파도가 밀려오는 소리를 듣고
별들이 쏟아져 내리는 밤하늘을 보라

두 눈이 맑아지고
가슴이 탁 터지도록
시원한 공기를 폐 속 깊숙이 받아들여라

삶에 짜증과 피로의 찌꺼기가
다 사라지도록
살아 숨 쉬는 자연에
몸과 마음을 던져버려라

잠시 쉰다고

삶이 정지되거나

잘못되는 것은 결코 아니다

여행은 삶을 풍요롭게 해주고

활력을 주고 넉넉함을 가져다준다

여행을 떠나라

이유와 변명을 늘어놓지 말고 떠나라

돌아온 후에 알 것이다

여행을 얼마나 잘 떠나고

얼마나 잘 갔다 왔는가를 알 것이다

숲 속 오솔길

아무도 모르고
우리 단둘만 알고 있는
숲 속 오솔길
하나 있었으면 좋겠습니다

새들이 노래하고
다람쥐 찾아와 인사하고
풀꽃들 눈짓하는 곳
우리 함께 쉴 작은 바위
하나 있었으면 좋겠습니다

언제나 보고플 때면
그곳에서 같이 만나
오순도순 이야기를 나누며
웃고 떠들고 노래해도
아무도 뭐라고 하지 않을
숲 속 오솔길
하나 있었으면 좋겠습니다

아무도 모르고

우리 단둘만 아는

숲 속 오솔길

하나 찾아내었으면 좋겠습니다

홀로 바닷가를 거닐어보았습니까

홀로 바닷가를 거닐어보았습니까
밀려오는 파도에
발을 적시면 무슨 생각이 났습니까

그리움이 몰려와서
울고 싶지는 않았습니까

홀로 바닷가를 거닐어보았습니까
수평선을 막 넘어가는
배를 바라보며 무슨 생각을 했습니까

보고픔이 몰려와서
사랑하는 이를 부르고 싶지는 않았습니까

홀로 바닷가를 거닐어보았습니까
갈매기 몇 마리 춤추듯
날아가는 것을 보고 무슨 생각이 났습니까

바닷가를 빨리 떠나
사랑하는 이에게 달려가고 싶지 않았습니까

해변에서

수많은 연인들이
해변가에 사랑의 흔적을 남겨놓지만
파도는 와서
다음 연인들을 위해
모두 다 지워버리고 떠나간다

그 바닷가

가고 싶다
그 바닷가

갯가 내음이 코끝에 다가와
파도 소리가 음악이 되는 곳
갈매기들이 바다를
무대 삼아 춤추고
아름다운 섬들이
정겹게 이야기를 나누는 곳

수평선을 바라보면
가슴이 탁 트이고
오가는 배 한가로워 보이고
둘이 같이 있으면
속삭이기에 너무나 좋은 그곳

가고 싶다
그 바닷가

해변가 모래밭을 맨발로 걸으면

한없이 걸어도 좋을 그곳

파도가 바위에 부딪칠 때마다

더 힘차게 삶을 살고 싶은

열정이 생기게 하는 그곳

가고 싶다

그 바닷가

어느 날 하루는 여행을

어느 날 하루는 여행을 떠나
발길 닿는 대로 가야겠습니다
그날은 누구를 꼭 만나거나 무슨 일을 해야 한다는
마음의 짐을 지지 않아서 좋을 것입니다

하늘도 땅도 달라 보이고
날아갈 듯한 마음에 가슴 벅찬 노래를 부르며
살아 있는 표정을 만나고 싶습니다

시골 아낙네의 모습에서
농부의 모습에서
어부의 모습에서
개구쟁이들의 모습에서
모든 것을 새롭게 알고 싶습니다

정류장에서 만난 사람에게 가벼운 목례를 하고
산길에서 웃음으로 길을 묻고
옆자리의 시선도 만나
오며 가며 잃었던 나를 만나야겠습니다

아침이면 숲길에서 나무들의 이야기를 묻고
구름이 떠가는 이유를 알고
파도의 울부짖는 소리를 들으며
나를 가만히 들여다보겠습니다

저녁이 오면 인생의 모든 이야기를
하룻밤에 만들고 싶습니다
돌아올 때는 비밀스런 이야기로
행복한 웃음을 띄우겠습니다

산책

모든 것이 제자리를 찾아 있다
나만 걷는다

시계는 시시각각으로 변하는
시간 속으로 빨려들어 가고 있다

지치고 힘들고 어지러웠던
일상의 삶을 잠시 떠나는
쉼표의 시간이다

발끝에서 발끝으로 이어지는 길을
가볍게 걷는다
심장이 따뜻해진다

눈으로 다가오는 푸른 나무들
마음으로 생명을 읽어 내린다
코끝으로 다가오는 싱그러움을
가슴에 담는다
살아 있음이 행복하다

이정표

너는 나의 가는 길을
가르쳐주지만
나는 죽음의 날을 모르기에
살아간다

뒤돌아보지 마라

그리움뿐이다
슬픔뿐이다
아픔뿐이다
절망뿐이다
고독뿐이다

돌아갈 수 없는
그 길을 바라보지 마라

삶

모두 다
떠나고
혼자 남았다

모두 다
남고
혼자 떠났다

나는 언제나 혼자였다

삶의 깊이를 느끼고 싶은 날

삶의 깊이를 느끼고 싶은 날
한 잔의 커피로
목을 축인다

떠오르는 수많은 생각들

거품만 내며 살지는 말아야지
거칠게 몰아치더라도
파도쳐야지

겉돌지는 말아야지
가슴 한복판에 파고드는
멋진 사랑을 하며
살아가야지

나이가 들어가면서
늘 안타까운 마음이 든다
이렇게 살아서는 안 되는데
더 열심히 살아야 하는데

늘 조바심이 난다

가을이 오면
열매를 멋지게 맺는
사과나무같이
나도 저렇게 살아야지
하는 생각에

삶의 깊이를 느끼고 싶은 날

한 잔의 커피와
친구 사이가 된다

나의 삶은 모두 다 아름다운 시간이다

세월의 내리막에서
못다 한 사랑 채워가며 살아갈 수 있다면
후회는 없다

떠나가는 시간 속에 아무런
미련을 남기지 않고
그리운 정 하나로 살아갈 수 있다면
외로움에 온몸을 떨던 시간도
생각 속에서 즐거울 수 있다

기쁨에 즐겁던 시간도
슬픔에 괴롭던 시간도
지나고 나면 가슴이 뜨겁도록
모두 다 정겨운 시간이다

잊어버린 사람을 그리워하며 눈물짓던 시간도
이루지 못한 꿈 안타까워하던 시간도
내가 만났던 사람 모두가 그리워지던 시간도
모두 다 행복한 시간이다

균형을 잃고 다시는 되돌아갈 수 없는
안타까움만 남는 시간일지라도
황혼이 붉게 물들어 가는
나의 삶은 모두 다 아름다운 시간이다

고독한 날의 풍경

쓸쓸하다
그리움이 날 감싸고 있다
늘 엇갈리던 그대가
내 마음의 틈새를 비집고 들어온다

그대가 올 것 같지도 않는데
바람마저 그리움으로 불어와
고독이 내 마음을 죄어 감는다

장마철 먹구름 사이로
해가 살짝 내밀고 사라지듯이
그대의 얼굴이 떠올랐다가 금세 사라진다

내 발길은 늘 그대를 찾고
눈으로 만나려 하지만
숨은 듯 보이지 않는 그대
내 마음은 그대 곁으로 향하고 있다

세상의 모든 온도계가 올라갈 줄 모른다

사람들 속에서 두리번거리며 살펴보아도

마주치는 시선들은 차갑고

세상이 온통 쓸쓸함으로 가득하다

가슴에 묻어둔 이야기

가슴에 묻어둔
이야기가 있는 사람들이 있습니다

그 아픔을
그 그리움을
어찌하지 못한 채로
평생 동안 감싸 안으며
살아가는 사람들이 있습니다

누구에게도 말할 수 없는
비밀이기보다는
지금의 삶을 위하여
지나온 세월을 잊고자 함입니다

때로는 말하고 싶고
때로는 훌훌 떨쳐버리고 싶지만
세상살이가 그리 쉬운 일만은 아니어서

가슴앓이로 살아가며

뒤돌아 가지도 못하고
다가가지도 못합니다

외로울 때는
그 그리움도 위로가 되기에
가슴에 묻어둔 이야기를
숨겨놓은 이야기처럼 감싸 안으며
살아가는 사람들이 있습니다

왜 그리도 아파하며 살아가는지

이 수많은 사람들이
어디로 가자는 것이냐
하루하루를 살아가며
넓은 세상에
작은 날을 사는 것인데
왜 그리도 아파하며 살아가는지

저마다의 얼굴이 다르듯이
저마다 삶이 있으나
죽음 앞에 허둥대며 살다가
옷조차 입혀주어야 떠나는데
왜 그리도 아파하며 살아가는지

사람들이 슬프다
저 잘난 듯 뽐내어도
자신을 보노라면
괴로운 표정을 짓고
하늘도 땅도 없는 듯 소리치며

같은 만남인데도

한동안 사랑하고

한동안 미워하며

왜 그리도 아파하며 살아가는지

하루

아침이 이슬에 목을 축일 때
눈을 뜨며 살아 있음을 의식한다
안식을 위하여
접어두었던 옷을 입고
하루만을 위한 화장을 한다

하루가 분주한 사람들과
목마른 사람들 틈에서 시작되고
늘 서두르다 보면
잊어버린 메모처럼
적어 내리지 못한 채 넘어간다

아침은
기뻐하는 사람들과
슬퍼하는 사람들 속에서
저녁으로 바뀌어가고

이른 아침
문을 열고 나서며

돌아올 시간을 들여다본다
하루가 짧은 것이 아니라
우리들의 삶이 너무도 짧다

당신은 아름답습니다

모든 일에 최선을 다하는
당신은 아름답습니다

언제나 웃으며 친절하게 대하는
당신은 아름답습니다

베풀 줄 아는 마음을 가진
당신은 아름답습니다

아픔을 감싸주는 사랑이 있는
당신은 아름답습니다

병든 자를 따뜻하게 보살피는
당신은 아름답습니다

늘 겸손하게 섬길 줄 아는
당신은 아름답습니다

작은 약속도 지키는

당신은 아름답습니다

분주한 삶 속에서도 여유가 있는
당신은 아름답습니다

삶이 무엇이냐고 묻는 너에게

삶이 무엇이냐고
묻는 너에게
무엇이라고 말해줄까

아름다움이라고
슬픔이라고
기쁨이라고 말해줄까

우리들의 삶이란
살아가면서 느낄 수 있단다
우리들의 삶이란
나이 들어가면서 알 수 있단다

삶이란 정답이 없다고 하더구나
사람마다 그들의
삶의 모습이
각기 다르기 때문이 아니겠니?

삶이 무엇이냐고 묻는 너에게

말해주고 싶구나

우리들의 삶이란 가꿀수록
아름다운 것이라고
살아갈수록
애착이 가는 것이라고

행복을 느낄 수 있다는 것은

삶이란
바다에 잔잔한 파도가
치고 있다는 것이다

사랑하는 사람과 함께할 수 있어
낭만이 흐르고 음악이 흐르는 곳에서
서로의 눈빛을 통하며
함께 커피를 마실 수 있고
흐르는 계절을 따라
사랑의 거리를 함께 정답게 걸으며
하고픈 이야기를 정답게 나눌 수 있다는 것이다

사랑하는 사람과 한집에 살아
신발을 나란히 놓을 수 있으며
마주 바라보며 식사를 할 수 있고
잠자리를 함께하며
편안히 눕고 깨어날 수 있다는 것이다

서로를 소유할 수 있으며

서로가 원하는 것을 나누며
함께 꿈을 이루어가며
기쁨과 사랑이 충만하다는 것이다

행복을 느낄 수 있다는 것은
보이지 않는 삶의 울타리 안에
편안함이 가득하다는 것이다

삶이란
들판에 거세지 않게
가슴을 잔잔히 흔들어놓는
바람이 불고 있다는 것이다

동행

인생길에 동행하는
사람이 있다는 것은
참으로 행복한 일입니다

힘들 때 서로 기댈 수 있고
아플 때 곁에 있어줄 수 있고
어려울 때 힘이 되어줄 수 있으니
서로 위로가 될 것입니다

여행을 떠나도
홀로면 고독할 터인데
서로의 눈빛 맞추어 웃으며
동행하는 이 있으니
참으로 기쁜 일입니다

사랑은 홀로는 할 수가 없고
맛있는 음식도 홀로는 맛없고
멋진 영화도 홀로는 재미없고
아름다운 옷도 봐줄 사람이 없다면

무슨 소용이 있겠습니까

아무리 재미있는 이야기도
들어줄 사람이 없다면
독백이 되고 맙니다

인생길에 동행하는 사람이 있다면
더 깊이 사랑해야 합니다
그 사랑으로 인하여
오늘도 내일도 행복할 수 있습니다

들꽃을 볼 수 있다는 것은

들꽃을 가까이 볼 수 있다는 것은
나를 옭아매던 것들에서 벗어나
마음의 여유를 갖는 것이다

숲 향기를 온몸에 받으며
들꽃을 바라보며
그 아름다움에 취할 수 있다는 것은
그만큼 마음이 맑아졌다는 것이다

늘 벗어나려 몸부림치면 칠수록
더 얽매이게 되는 것들을
훌훌 털어내는 것이다

바라보는 시선이 바뀌는 순간
생각하는 것들이 바뀌는 순간
우리들의 삶은 달라지기 시작한다

번잡한 일상에서 벗어나
들꽃을 바라보면

마음이 너그러워진다

이름도 알 수 없는 들꽃이지만
알려지지 않은 곳에서
어떤 이유도 말하지 않고
어떤 조건에도 굴하지 않고
온몸을 다하여 피어난다는 것은
참으로 놀라운 일이다

틀 안에 숨어 살며 괴로움에 빠지기보다
들꽃을 바라보면
마음이 편안해진다
마음이 진실해진다

길을 걷는다는 것은

길을 걷는다는 것은
갇혔던 곳에서
새로운 출구를 찾아 나가는 것이다

천천히 걸으면
늘 분주했던 마음에도 여유가 생긴다

걸으면
생각이 새로워지고
만남이 새로워지고
느낌이 달라진다

바쁘게 뛰어다닌다고
꼭 성공이 보장되는 것은 아니다
사색할 시간이 필요하다
삶은 체험 속에서 변화된다

가장 불행한 사람은
자기라는 울타리 안에

자기라는 생각의 틀에
꼭 갇혀 있는 사람이다

길을 걷는다는 것은
살아 있음을 느끼게 하고
희망을 갖게 한다

한목숨 다 바쳐 사랑해도 좋을 이

한목숨 다 바쳐
사랑해도 좋을 이 있다면
목숨의 뿌리 다 마를 때까지
온몸과 온 마음으로
사랑하고 싶습니다

밀려오는 파도처럼
멀리 떠나가야만 하는 세상
후회 없이 미련 없이
쏟아져 내리는 폭포처럼
사랑해도 좋을 이 있었으면 좋겠습니다

언젠가 세월의 연줄도 다 풀리고 말아
젊음이 녹슬어가기 전에
가슴 저미도록 그립고
사무치게 생각나는 이 있다면
모든 걸 다 송두리째 불태우고 싶습니다

흘러만 가는 세월이 아쉽고

떠나만 가는 세월이 안타까워
덧없이, 의미 없이,
단조롭게 살기보다

한목숨 다 바쳐
사랑해도 좋을 이 있다면
그를 위해 모든 걸 다 포기하더라도
사랑하며 살고 싶습니다

멋있게 살아가는 법

나는야
세상을 살아가며
멋지게 사는 법을 알았다네

꿈을 이루어가며 기뻐하고
유머를 나누며
만나는 사람들과 모든 것들을
소중히 여기면 된다네

넓은 마음으로
용서하고 이해하며
진실한 사랑으로 함께해주며
욕심을 버리고
조금은 손해 본 듯이 살아가면 된다네

나는야
세상을 신 나게
살아갈 수 있음을 알았다네

낯선 사람이 하고많은 세상에

낯선 사람이 하고많은 세상에
아는 이 너무 적고
다정한 이 만나기 쉽지 않아
홀로 가기는 너무 외로워서
둘이 만나고 셋이 만나고 여럿이 만나
아는 이 아는 장소에서
똑같은 이야기지만 싫지는 않아서
살아감에 이야기를 나누는 것입니다

언제 보아도 똑같은 모습은 친구도
하나둘 세월 따라 변해가도
살아감에 이야기는
살고 죽고 똑같은 이야기지만
낯선 사람이 하고많은 세상에
아는 이 너무도 적고
홀로 가기는 너무도 외로워서
만나며 헤어지며
살아감에 이야기를 나누는 것입니다

고독이 선명해질 때

고독이 선명해질 때
외로움이 드러나면
갇혀 있던 나는 탈출을 시도한다

애처롭게 신음하며 절망했던 날들 속에
한구석이 텅 빈 내 모습이
왠지 초라해 보인다

가슴 깊은 곳에 숨겨놓고
토해낼 수 없었던 고백을
입술이 피가 나도록 깨무는
아픔이 있더라도 말하고 싶다

잔뜩 낀 먹구름을 피하지 못하고
시달린 시간들이
말할 수 없는 고통을 몰고 왔다

가면으로 가려두고
늘 웃음으로 위장했던

세월이 흘러갈수록 가슴이 아프다

가슴속에 숨겨두었던
오랜 아픔을 너무도 쉽게 말했을 때
가슴이 더 아팠다

내가 가야 할 길이라면
눈물이 심장까지 흘러들어 와도
견디며 살아가야 한다

홀로 새우는 밤

홀로 새우는 밤

세상 바다에
나무 잎새로 떠 있는 듯
아무리 뒤척거려보아도
어둠이 떠날 줄 모르고
나를 가두어놓는다

혼자라는 고독을
느낄 나이가 되면
삶이란
느낌만으로도
눈물만으로도
어찌할 수가 없다

사랑하는 사람이 있어도
함께할 수 있는 이 있어도
홀로 잠들어야 하는 밤

심장 소리가
심장을 쪼개고
생각이 수없는
그림을 그려낸다

밤을 느낄 때
고독을 느낀다

벌써
밤이 떠날 시간이 되었는데
내 눈엔 잠이 달려 있다

우리들의 삶은 하나의 약속이다

우리들의 삶은 하나의 약속이다
장난기 어린 꼬마 아이들의
새끼손가락 거는 놀음이 아니라
진실이라는 다리를 만들고 싶은 것이다

설혹 아픔일지라도
멀리 바라보고만 있어야 할지라도
작은 풀에도 꽃이 피고
강물은 흘러야만 하듯 지켜야 하는 것이다

잊힌 약속들을 떠올리며
이름 없는 들꽃으로 남아도
나무들이 제자리를 스스로 떠나지 못함이
하나의 약속이듯이

만남이 이루어지는 마음의 고리들을
우리는 사랑이라는 이름으로 지켜야 한다
서로 배신해야 할 절망이 올지라도
지켜줄 수 있는 여유를 가질 수 있다면

하늘 아래 행복한 사람이 바로 당신이어야 한다

삶은 수많은 고리로 이루어지고
때론 슬픔이 전율로 다가올지라도
몹쓸 자식도 안아야 하는 어미의 운명처럼
지켜줄 줄 아는 마음을 가져야 한다

옥수수

먹구름이
몰고 온 여름에
수많은 이야기들이
들판으로 모여든다

할아버지 수염을 달고
익어가는 옥수수가
가난한 여인의
치마폭에 감싸여
이야기를 만들고 있다

알맹이 하나하나에
예쁘디예쁜
개구쟁이 꼬마들의
웃음소리가 가득 차 있다

신 나는 것은
수많은 이야기들이
멋진 노래가 되어

입안 가득히
쏟아져 내리는 것이다

여름이 오면
멋진 하모니카를
신 나게 불고 싶어진다

씨앗 속에는

씨앗 속에는
나무의 내일이 숨어 있다

씨앗 속에는
씨앗으로만 있기에는
너무나 커다란 꿈이 있다

연이어 피어날 수많은 꽃과
탐스러움을 자랑하는 수많은 열매와
새들이 둥지를 틀 수 있는
큰 나무 한 그루가 꼭꼭 숨어 있다

씨앗은
큰 나무의 꿈을 이루기 위해
싹을 틔운다

나무의 씨앗 하나하나마다
싹이 돋아나기 시작할 때
나무의 내일이 시작된다

강아지풀

누가 얼마나
반가웠으면
뛰쳐나가고
꼬리만 남아서
흔들거리고 있을까

종이배

시냇가에 띄운
내 어린 날의 종이배
어디로 갔을까
궁금했는데
내 그리운 추억 속에
고스란히 남아 있다

돌멩이

길가의 돌멩이 하나
어느 등뼈 같은 바위에서
떨어져 나왔을까
고향은 어디일까
돌아갈 수 있을까
외톨이가 되었다

베고니아

삶이
온통 그리움인 걸

온 세상에
소문이 나면 어때
내가 널 사랑하는데

입맞춤하고만 싶은
붉은 입술로 늘 피어나

간지럽게 번지는
웃음처럼
사랑을 노래하고 싶다

민들레

민들레가 바람났다
내년 봄까지
돌아오지 않을 것이다

파도

밤새도록 파도가 밀려와
어둠을 한 움큼씩 한 움큼씩
물고 달아나니까
새벽이 오는구나

강변의 갈대

강변의 갈대들이
손을 흔들어주지 않았더라면
강물은 얼마나
외롭게 흘러갔을까

버드나무

봄 햇살 좋은 날
머리를 막 감고 나온
처녀처럼 연초록 머리칼을
바람에 말리고 있다

연꽃

물 위에
그리움이 하나씩 하나씩
떠올라
꽃으로 피어난다

해바라기

해바라기
목덜미를
누가 간지럽혔기에
저렇게 신 나게 웃고 있을까

수평선

누가 바다 끝에
저렇게 아름다운 금 하나를
그어놓았을까

가로등

그리움이 얼마나 가득했으면
저렇게 눈동자만
남았을까

가로수

누구를 얼마나 사랑했길래
제자리를 떠나지 않고
죽을 때까지
기다리고 서 있다가 쓰러지는가

4부
그만큼의 소망

커피 한 잔의 행복

지나간 삶의 그리움과
다가올 삶의 기대 속에
우리는 늘 아쉬움이 있다

커피 한 잔에 행복을 느끼듯
소박한 마음으로 살아가고
작은 일들 속에 보람을 느끼면
삶 자체가 좋을 듯싶다

항상 무언가에
묶인 듯
풀려고 애쓰는 우리들
잠깐이라도
희망이라는 연을 날릴 수 있다면
세상은 좀 더 따뜻해지지 않을까

때론 커피 한 잔의 여유를 느끼며
미소를 지으며 살아가고 싶다

한 잔의 커피 1

사랑이 녹고
슬픔이 녹고
마음이 녹고

온 세상이
녹아내리면
한 잔의 커피가 된다

모든 삶의 이야기들을
마시고 나면
언제나
빈 잔이 된다

나의 삶처럼
너의 삶처럼

한 잔의 커피 2

나도 모를
외로움이
가득 차올라

뜨거운
한 잔의 커피를
마시고 싶은
그런 날이 있다

구리 주전자에
물을 팔팔 끓이고

꽃무늬가 새겨진
아름다운 컵에
예쁘고 작은 스푼으로
커피와 프림
설탕을 담아

하얀 김이 피어오르는

끓는 물을
쪼르륵 따라

그 향기와
그 뜨거움을
온몸으로 느끼며
삶조차 마셔버리고 싶은
그런 날이 있다

열정의 바람같이
살고픈 삶을 위해
뜨거운 커피로
온 가슴을 적시고 싶은
그런 날이 있다

한 잔의 커피 3

한 잔의 커피처럼
향내를 음미하며 삶을 살고픈데
지나고 나면
어느새 마셔버린 쓸쓸함이 있다

어느 날인가
빈 잔으로 준비될
떠남의 시간이 오겠지만
목마름에
늘 갈증이 남는다

인생에 있어
하루하루는
터져 오르는 꽃망울처럼
얼마나 고귀한 시간들인가

오늘도 김 오르는 한 잔의 커피로
우리들의 이야기를
뜨겁게 마시며 살고 싶다

황혼까지 아름다운 사랑

젊은 날의 사랑도
아름답지만
황혼까지 아름다운 사랑이라면
얼마나 멋이 있습니까

아침에 동녘 하늘을 붉게 물들이며
떠오르는 태양의 빛깔도
소리치도록 멋있지만

저녁에 서녘 하늘을 붉게 물들이는
노을 지는 태양의 빛깔도
가슴에 품고만 싶습니다

인생의 황혼도
더 붉게 붉게 타올라야 합니다
마지막 숨을 몰아쉬기까지

오랜 세월 하나가 되어
황혼까지 동행하는 사랑은
얼마나 아름다운 사랑입니까

커피와 인생

한 잔의 커피도
우리의 인생과 같다

아무런 의미를 붙이지 않으면
그냥 한 잔의 물과 같이
의미가 없지만

그 한 잔의 작은 의미보다
많은 의미를 가질 수 있다

우리의 인생도
그 인생을 살아가는 사람들에 따라
의미가 다를 것이다

모두 다 저마다의
삶의 의미를 갖고
저마다의 삶을
오늘도 살아가고 있기 때문이다

한 잔의 커피에

낭만과 사랑을

담고 마실 줄 아는 사람들은

그들의 삶에도 역시

낭만과 사랑이 있으리라

오늘 내가 사는 세상은

오늘 내가 사는 세상은
허무하다면
온통 무너지듯이 울고 싶도록 허무하고

오늘 내가 사는 세상은
사랑한다면
으스러질 만큼 껴안고 싶도록 사랑스럽다

하늘은 푸르기만 해도 좋을 듯한데
먹구름만 그리워하는 이 있고
비 오는 날에는 우산 속을 거닐어도 좋을 듯한데
온통 비를 맞으며 걷는 이 있다

언제나 그대로인 하늘에
구름만 흐르듯
세상에 태어날 때는
모두가 순서대로 오지만
떠날 때는
순서 없이 되돌아오는 이 없이

모두 다 간다

오늘 네가 사는 세상은
발자국도 세지 못하며 살았는데
내가 한 말도 다 기억 못 하는데
내 어찌 사랑을 이루었다 하리

오늘 내가 사는 세상은
서성이다 가는 것인데
내 어찌 미워할 수 있으리

희망

얼마나 좋은 것이냐
어둠 속에서
빛을 발견한다는 것은

이름 없는 꽃이라도
꽃이 필 땐
눈길이 머무는 것

삭막하기만 하던 삶 속에
한 줄기 빛이 다가오는 것은
얼마나 힘이 되는 일인가

망망한 바다라도
걱정할 필요가 없다
배를 띄울 수 있으니까
허허벌판이라도
걱정할 필요가 없다
안식할 곳이 있으니까

얼마나 좋은 것이냐
희망이 넘친다는 것은
우리들의 얼굴이 달라 보이고
우리의 모든 것이
힘차게 뻗어나가는 것이 아닌가

아쉬움

살다 보면
지나고 보면
무언가 부족하고
무언가 허전하고
무언가 빈 듯한
아쉬움이 있다

아, 그랬구나
그랬었구나
그때 그러지 말고 잘할걸 하는
후회스러운 마음이 생긴다

마음으로 느끼지 못하다가
지나고 나면
떠나고 나면
알 것 같다

그런 아쉬움이 있기에
우리들의 삶은

그만큼의 그리움이 있다
그만큼의 소망이 있다
그만큼의 사랑이 있다

희망을 이야기하면

희망을 이야기하면
사람들의 얼굴은
환하고 밝게 빛난다

마음이 열리고
힘이 샘솟고 용기가 생겨서
모든 일에 최선을 다하고
내일을 향하여
새로운 도전을 하고 싶어 한다

어제보다 오늘을
오늘보다 내일에 펼쳐질 일들을
기대하며 살아간다

땀 흘리는 기쁨을 알고
어떠한 고통도 두려움도 없이
기도하며 이겨내고
서로를 신뢰해주며 사랑을 나눌 수 있는
마음에 여유로움이 있다

희망을 이야기하면
사람들의 눈빛이 빛을 발한다

머뭇거림과 서성거림이 사라지고
리듬감과 생동감 속에 유머를 만들며
열정을 다 쏟아가며
뜨겁게 살기를 원한다

꽃샘바람이 차가운 것도

마음에 아픔이 있는 이가
도리어 웃고 있을 때
사람다울 때가 있습니다

이 세상 누구에게 물어봐도
겪어온 풍상으로 인해
아픔이 없는 사람은 없을 것입니다

아픔이 있기에
냉정해질 수 있고
소나무 같은 옹이리가 있기에
여유가 있지 않겠습니까

나는 절대로 슬퍼할 수 없다
이는 거짓말입니다
대나무는 마디가 있기에 성장하고
또 그러기에 대나무가 아니겠습니까

아픔은 아픔대로 있지만

가슴에 새기며
기쁨을 꽃피우는 것입니다

꽃샘바람이 차가운 것도
꽃을 피우기 위해서입니다

우리네 삶이 아픈 것도
삶을 꽃피우기 위해서가 아니겠습니까

짧은 삶에 긴 여운이 남도록 살자

한 줌의 재와 같은 삶
너무나 빠르게 소진되는 삶
가벼운 안개와 같은 삶
무미건조하게 따분하게 살아가지 말고
세월을 아끼며 사랑하며 살아가자

온갖 잡념과 걱정에 시달리고
불타는 욕망에 빠져들거나
눈이 먼 목표를 향하여 돌진한다면
흘러가는 세월 속에 남는 것은 허탈뿐이다

때때로 흔들리는 마음을 잘 훈련하여
세상을 넓게 바라보며 마음껏 펼쳐나가며
불쾌하고 짜증 나게 하고
평화를 깨뜨리는 마음에서 떠나자

세월이 흘러
다 잊히기 전에 비참함을 극복하고
용기와 희망을 다 찾아내어

절망을 극복하고 힘을 북돋우자

불굴의 의지와 활기찬 마음으로
부정적인 사고를 던져버리고
언제나 긍정적인 마음으로
짧은 삶에 긴 여운이 남도록 살자

큰 나무의 말

나는 아주 작은 씨앗이었습니다
땅속에 묻혀 있던 어느 날
비가 내려 온몸이 촉촉해지고
햇살이 비쳐 와 그 포근함에 노곤해졌습니다

그런데 곧 온몸이 찢어지는
아픔을 느꼈습니다
내 몸에서 새싹이 나와
두껍게만 느꼈던 흙을 뚫고 나갔습니다

나 자신의 변화가 시작되었습니다
허공을 향하여 작은 손을 뻗치기에는
내 모습이 너무나 초라했습니다
바람이 거세게 몰아칠 때는
혼절이라도 할 만큼
온통 두려움뿐이었습니다

하지만 용기를 내어 자랐습니다
희망을 갖는다는 것은

멈추지 않고 자라는 것이기 때문입니다

큰 나무가 되어 열매가 주렁주렁 열리게 되었을 때
더 잘 알게 되었습니다
언제나 최선을 다한 나 자신이
정말 자랑스러웠습니다

흘러만 가는 강물 같은 세월에

흘러만 가는 강물 같은 세월에
나이가 들어간다
뒤돌아보면 아쉬움만 남고
앞을 바라보면 안타까움이 가득하다

인생을 알 만하고
인생을 느낄 만하고
인생을 바라볼 수 있을 만하니
이마에 주름이 깊이 새겨져 있다

한 조각 한 조각 모자이크 한 듯한 삶
어떻게 맞추나 걱정하다 세월만 보내고
완성되는 맛 느낄 만하니
세월은 너무나 빠르게 흐른다

일찍 철이 들었더라면
일찍 깨달았더라면
좀 더 성숙한 삶을 살았을 텐데
아쉽고 안타깝지만

남은 세월이 있기에
아직은 맞추어야 할 삶이란 모자이크를
마지막까지 멋지게 완성해야겠다

흘러만 가는 강물 같은 세월이지만
살아 있음으로 얼마나 행복한가를
더욱더 가슴 깊이 느끼며 살아가야겠다

가까움 느끼기

끝도 알 수 없고
크기도 알 수 없이 커가는
그리움에 심장이 터질 것만 같습니다

늘 마주친다고
서로가 가까워지는 것은 아닙니다

삶을 살다 보면
왠지 느낌이 좋고
생각하면 웃음이 나오고
늘 그리움으로 목덜미를
간지럽게 하는 사람이 있습니다

가까움을 느끼려면
모든 껍질을 훌훌 벗어내고
정직해야 합니다
진실해야 합니다
솔직해야 합니다

외로움으로

고독만을 움켜잡고

야위어만 가는 삶의 시간 속에

갇혀 있어서는 불행합니다

사랑하는 사람과 더욱

가까워지기를 연습하며

서로 사랑하기 위하여

묶어놓은 끈들을

하나씩 하나씩 풀어가는 것입니다

인생

무슨 이유가 있습니까
무슨 변명이 필요합니까

벌거벗은 몸으로
정신없이 이 땅에 태어나
흰옷을 입고

별조차
그리워할 시간도 없이
쫓기던 사람들이
죽어서도 흰옷을 입습니다

인생은
웃으며 살다가 울고 마는 것

만나러 태어나
헤어짐으로 끝나고
혼자 울며 태어나
여럿 울리고 떠나는
우리들의 이야기입니다

하루쯤은 하루쯤은

하루쯤은 하루쯤은
멀리 아주 먼 곳으로 가서
사랑하는 사람을 안고 또 안고
원초적인 사랑을 하고 싶다

뻔히 아는 삶
뻔히 가는 삶

사랑하는 사람과 사랑하는 것이
무슨 죄일까 싶다가도
누군가에게 들켜버린 것 같아
주위를 살피다 웃어버린다

그냥 좋은 대로 살아가야지
그리한들 뭐가 유별나게 좋을까
그러다가도 웬일인지
하루쯤은 하루쯤은
사랑하는 사람을
꼭 안고픈 마음을 어찌할 수가 없다

살아가며 만나는 사람들

살아가며 만나는 사람들
수없이 많고 많은 사람들
그들 중에 왠지 마음에 두고 싶은
사람도 있을 것입니다

출근길에 스쳐 지나가듯 만나는 사람들 중에는
기분을 상쾌하게 만드는 사람도
매일 똑같은 시간에 만나
서로가 멋쩍어 고개를 돌리는 사람도
마주치기 싫어 고개를 푹 숙이고
모르는 척 못 본 척 지나쳐버리는 사람도 있습니다

사랑하고 싶었지만
말 한마디 못 하고
서로 마주치면 웃어버리고
가슴 뛰던 날도 있었을 것입니다

살아가며 만나는 사람들 중에는
첫인상이 멋진 사람, 매너가 좋은 사람

일 처리를 잘해주는 사람
보호 본능이 강한 사람도 있습니다

살아가며 만나는 사람들
모두 다 소중한 사람들입니다
그들이 있기에 내가 있습니다

내가 바라볼 때 좋은 인상을
만들어주는 사람들처럼
나도 그들에게 좋은 기억으로
남고 싶습니다

관심

늘 지켜보며
무언가를 해주고 싶었다

네가 울면 같이 울고
네가 웃으면 같이 웃고 싶었다

깊게 보는 눈으로
넓게 보는 눈으로
널 바라보고 있다

바라보고만 있어도 행복하기에
모든 것을 포기하더라도
모든 것을 잃더라도
다 해주고 싶었다

못

깊숙이 파고들어야 한다
흔들리지 않도록
심장 속을 꿰뚫어야 한다

견디기 위하여
살아남기 위하여
고정되어야 한다
말이 필요 없다

두들겨 박히면 박힐수록
나는 너를 걸어둘 수 있는
하나의 의미로 살아남는 것이다

가족

하늘 아래
행복한 곳은
나의 사랑 나의 아이들이 있는 곳입니다

한가슴에 안고
온 천지를 돌며 춤추어도 좋을
나의 아이들

이토록 살아보아도
살기 어려운 세상을
평생이라도 이루어야 할 꿈이라도 깨어
사랑을 주겠습니다

어설픈 아비의 모습이 싫어
커다란 목소리로 말하지만
애정의 목소리를 더 잘 듣는 것을

가족을 위하여
목숨을 뿌리더라도

고통을 웃음으로 답하며
꿋꿋이 서 있는 아버지의
건강한 모습을 보이겠습니다

휴식을 주는 여자

그대와 함께 있으면
내가 갖고 싶었던 쉼터를 만난 듯
잔잔한 평안이 흐릅니다

내 마음을 덮어주는 따스함에
그대 가슴에 묻혀
한동안 같이 잠들고 싶습니다

그대를 바라보면
어둠은 사라지고 빛으로 가득해
마음으로 다 표현할 수 없는
사랑스러움이 가득해집니다

그대와 함께 있으면
세상살이 답답했던 마음에 여유를 주고
꿈을 이룰 수 있는 희망을
내 마음에 가득히 채워줍니다

그대 곁에 있으면

실수와 흉허물을 걱정하는
짐스런 생각을 할 필요가 없습니다
그대는 내 마음을 한발 빠르게 읽고 있어
모든 것을 맡기면 더 편합니다

그대는 나에게 휴식을 주는 여자
그대를 사랑한다고
온 세상에 말하고 싶습니다
나는 그대에게 반하고 말았습니다

나 가난하게 살아도

나 가난하게 살아도
그대를 사랑할 수 있다면
아무런 후회가 없습니다

홀로 있으면
얼마나 슬프고 외로운지를 알기에
그대를 사랑합니다

온몸이 저리도록 만들고
마음이 울릴 만큼 흔들어놓는 사람도
그대 외에는 아무도 없습니다

그대와 같이 있으면
사랑을 나누는 기쁨 속에
행복이 무엇인지 알게 됩니다

떠나버리는 것들 속에도
사랑은 언제나 남아 있기에

내 눈에 익은 그대 모습이 좋아

그대 마음에 꼭 드는

사랑을 하고 싶습니다

사랑의 시인

내가 화가라면
그대의 모습을 그릴 것입니다
내가 조각가라면
그대의 모습을 조각할 것입니다

내가 작곡가라면
그대의 사랑을 작곡할 것입니다
내가 가수라면
그대의 사랑을 노래할 것입니다

나의 여인이여
사랑하는 사람이여
시인인 것은 내게 기쁨입니다

우리 사랑을 언제나
시로 쓸 수 있습니다
우리 사랑을 언제나
시집으로 만들 수 있습니다

그대가 원한다면

언제나 사랑의 시를 바치리다

나는 그대로 인해

사랑의 시인이 되었습니다

감옥 같은 날

당신은 감옥 같은 날을 알지요
가슴이 터지도록 아파서
어디론가 떠나고 싶지만

나서면 강이요
나서면 산이요
나서면 바다요
어디든 인생의 벼랑이어서
들어서면 갈 곳이 없어

하루가 지나고
이틀이 지나고
세월이 가면
그런 마음도 잊고 살지요

외면

누구일까
등 돌리고
돌아선 사람
참 밉다

새

당신의 가슴속에 살고 있는
새를 만나보셨습니까

날고파서
날개를 퍼덕이며 아파하는
꿈처럼 커다란
새를

가슴이 열리면
훨훨 날고자
기다리고 있지 않습니까

나는 보았습니다
가슴에 날고 있는 새를
새들은 앉기 위하여
날고 있지만

나의 새는
사랑을 위하여
날고파 합니다

벽

가로막힌 암담함보다
기댈 수 있다는 정겨움으로
함께하련다

넘을 수 없다는 답답함보다
통제할 수 있는 자제력으로
견디어보련다

도저히 견딜 수 없다면
그때는
무너뜨릴 수 있는
모든 방법으로

갇힘보다는
확 터진 자유로움을 마음껏
누려보련다

컵 하나엔

컵 하나엔
언제나
한 잔의 커피만을
담을 수 있다

우리가 몸서리치며
어금니 꽉 깨물며 살아도
욕심뿐
결국 일 인분의 삶이다

컵에
조금은 덜 가득하게
담아야
마시기 좋듯이

우리의 삶도
조금은 부족한 듯이
살아가야
숨 쉬며 살 수 있다

버섯

차갑고 쌀쌀한 세상
비 맞고 살기 싫어
우산부터 쓰고
나오는구나

생선 파는 아줌마

우리 동네
생선 파는 아줌마는
언제나 생선 목판만 바라보며
하늘을 잃어버리고 산다

계절도 없이
생선 냄새에 찌들어
매섭게 추운 날도
연탄 한 장에
하늘과 땅을 다 녹이고
몸까지 녹이며
생선만 팔리면 언제나 봄날이다

아줌마는
죽은 생선처럼 표정이 없다
한가한 시간이면
희멀건 동태처럼 눈 뜨고 잠들다
깜짝 놀라 깨어난다

생선 상자가 비워질수록

손이 거칠어질수록

외동딸은 고와만 가고

해 지기 전 떨이할 때면

입가 사이로 작은 웃음이 흘렀다

생선 파는 아줌마의 인생은

커다란 함지박이다

바람나 도망간 남편이 들어 있고

월남전쟁에 전사한 아들이 들어 있다

때론 길게 쉰 한숨에

하늘도 땅도 한꺼번에 날아갔다

아줌마가

장사하지 않은 날은

딸이 시집가던 날 하루뿐이다

신바람이 나

꽃무늬 분홍 치마저고리에

태양 같은 웃음을 웃었다

한동네 노점 장사꾼들도
모두 다 손뼉을 치며 크게 웃었다
그날도
하늘은 역시 파란색이었다

꾸벅잠

콧등을 시리게 하고
언 손을 호호 불게 하던
엄동설한의 한겨울 추위가
엷어질 무렵이면

꼬마 아이들
양지바른 곳에 모여 앉아 놀다가
꾸벅잠에 빠져든다

매서운 한겨울 추위 땐
이불 속으로 자꾸만 기어들어 가고 싶었는데
온몸에 스며드는 햇살이
어미의 젖가슴만큼이나 포근해

어느새 꾸벅잠이 들어
볼은 홍시처럼 붉어지고
저도 모르는 사이에
꿈길로 들어서고 있다

인생이 무대에 올려진 연극이라면

인생이 무대에 올려진 연극이라면
맡겨진 연기에 정열을 다하여
열연하고 싶다

순간순간 관객들의
박수를 받을 수 있도록
온몸이 땀에 젖도록 연기를 한다면
연극이 절정에 달할수록
박수와 환호는 더 커져만 갈 것이다

처음 무대에 설 때는
무대에 익숙하지도 않고
연기마저 서툴러 실수를 연발하고
대사마저 잊어버려 울고 싶겠지만
모두 다 처음엔 그렇게 시작할 것이다

연기가 익숙해질수록
멋과 낭만을 즐기고 싶다
모든 연기가 끝나고

무대에 늘어선 연기자들에게
막이 내리기까지 박수를 치는 관객들의
뜨거운 감정을 온몸으로 느끼고 싶다

우리들의 인생은 그런 멋이 있어야 한다
삶의 마지막 순간까지 박수를 받을 수 있어야 한다
우리들의 인생이
단 한 번 무대에 올려진다면
오늘도 멋진 연기를 해야 하지 않을까

번민

나는 투쟁도 하지 않았는데
피투성이가 되었다
허공에 내던져진 열 손가락을 끌어당겨
스물여덟 뼈마디를 움켜쥐고 있는데
피투성이가 된 이유는 무엇인가

심장조차 도려낼 수 없는
쓰라림을 소리치며 웃다
길가 상품처럼 전시되어 있는
과거를 아는 녀석이 미친 듯이 웃고 있을 때
나는 꼬꾸라져 두 무릎을 꿇고 말았다

창문을 활짝 열어도
바람 불지 않는 날은
웃지도 울지도 못하는 꼭두각시가 되고
비 오는 날은
사형수가 되어 방황하며
집으로 돌아갈 줄 몰랐다

책을 보고 있을 때

글자들이 열 지어

눈앞을 빙빙 돌아도

하얀 백지 위에

아무런 이유도 생기지 않았고

허공에 내던져진

열 손가락을 열심히 움직였는데

아무런 투쟁도 못 한 채

나는 피투성이가 되었다

나를 만들어준 것들

내 삶의 가난은 나를 새롭게 만들어주었습니다
배고픔은 살아야 할 이유를 알게 해주었고
나를 산산조각으로 만들어놓을 것 같았던
절망들은 도리어 일어서야 한다는 것을
일깨워 주었습니다

힘들고 어려웠던 순간들 때문에
떨어지는 굵은 눈물방울을 주먹으로 닦으며
내일을 향해 최선을 다하며 살아야겠다는
다짐을 했을 때 용기가 가슴속에서 솟아났습니다

내 삶 속에서 사랑은 기쁨을 만들어주었고
내일을 향해 걸어갈 수 있는 힘을 주었습니다
사람을 만나는 행복과 사람을 믿을 수 있고
기댈 수 있고 약속할 수 있고
기다려줄 수 있는 마음의 여유를 주었습니다

내 삶을 바라보며 환호하고
기뻐할 수 있는 순간들은

고난을 이겨냈을 때 만들어졌습니다

삶의 진정한 기쁨을 알게 되었습니다

나는 꼭 필요한 사람입니다

마음속에서 큰 소리로
세상을 향하여 외쳐보십시오
나는 꼭 필요한 사람입니다

자신의 삶에 큰 기대감을 갖고 살아가면
희망과 기쁨이 날마다 샘솟듯 넘치고
다가오는 모든 문을 하나씩 열어가면
삶에는 리듬감이 넘쳐납니다

이 세상에는 수많은 사람이 살아가고 있지만
그중에서 단 한 사람도
필요 없는 사람은 없을 것입니다

세상에 희망을 주기 위하여
세상에 사랑을 주기 위하여
세상에 나눔을 주기 위하여
필요한 사람이 되어야 합니다

나로 인해 세상이 조금이라도 달라지고

새롭게 변할 수 있다면
삶은 얼마나 고귀하고 아름다운 것입니까
나로 인해 세상이 조금이라도
밝아질 수 있다면 얼마나 신 나는 일입니까

자신을 향하여 세상을 향하여
가장 큰 소리로 외쳐보십시오
"나는 꼭 필요한 사람입니다"

그때

그때 나는 당신께 무엇을 드릴까요
살아온 길을 돌아보면
눈물밖에 드릴 것이 없는데

당신이
나를 사랑하다는 그 말씀
엄청난 은총에
평생에 나눔이 되고자 합니다

나의 삶 동안
한 발자국 한 발자국
걸어 설 때마다
사랑을 간직하게 하소서

나의 심장이 뛸
마지막 순간까지
사랑하다는 그 말씀
잊지 않게 하소서

사랑한다는 그 말씀에
나의 삶이 넘칩니다

오직 한 사람

오직 한 사람
오직 한 사람

사랑하다가
그리워하다가
죽음이 오더라도
슬퍼하지는 않을 것입니다

우리네 삶은 언제나 텅 빈 공허함뿐
겉으로 드러난 화려한 사랑보다는
소박한 마음을 가진 그대에게
내 목숨 줄을 풀어 내려
사랑의 닻을 내리고 싶기에
우리의 사랑은 후회하지 않습니다

목숨이 다하는 날
아픈 이별의 시간이 오더라도
웃음으로 손을 들 수 있는 여유 속에
안녕을 말할 수 있습니다

우리는 다시 그분의 나라

천국에서 만날 수 있기 때문입니다

새벽을 여는 사람들

어둠을 몰아가는 사람은
모든 고뇌를
쓸어내는 청소부였습니다

졸음을 쫓으며
새벽 첫차에 몸 실은
장터 아낙네의 얼굴에선
하루가 피곤에서 시작되고
노동자의 부은 얼굴에서
낯설지 않게 아침이 깨어나고 있습니다

새벽은 가난한 사람들의 시간
남보다 먼저
누구보다 먼저
시작하기에
가슴이 더욱더 옥죄옵니다

하루가 가족을 위한 행진이지만
모진 목숨은 길고

어두운 만큼이나
살고 싶지 않은 괴로움을 갖고 돌아옵니다

새벽은
눈시울 붉은 이들의 시간
많은 이들이
아침을 떠오르는 행복이라 하기에
가난한 자들의
몸짓은 야위어만 갑니다

예수 그 이름

나에게는
불러도 불러도
좋은 이름 하나 있습니다

가슴에 새겨두고
영원히 영원히
못 잊을 이름 하나 있습니다

나에겐
외쳐도 외쳐도
좋을 이름 하나 있습니다

그 누구에게
자랑하여도 좋을
멋진 이름 하나 있습니다

나를 사랑하시고
나를 구원하시고
나를 인도하시는 이

나의 주님 되시는

예수 그 이름입니다

시인 예수

사나이 중의 사나이
예수그리스도

혁명가도
철학자도
교육자도 아닌 사나이

한순간쯤밖에 안 되는 삶을
영원한 생명의 삶으로
열어준 멋진 사나이

하늘을 나는 새를 노래하고
들에 핀 백합화를 노래한 시인 예수

무엇 하나 소유하기를 원하지 않았으며
무엇 하나 남기려 하지 않았다

사랑으로 사랑을 살다가
영원한 사랑으로 함께하는 사나이

온 세상을 사랑하며 노래하며
온 세상을 감싸기 위하여
십자가 위에서
붉은 보혈의 꽃으로 활짝 피었다

시처럼 살다가 부활한 예수
영원한 예수 시인 예수
사나이 중의 사나이
나를 사로잡는 시인 예수

아침의 기도

이 아침에
찬란히 떠오르는 빛은
이 땅 어느 곳에나 비추이게 하소서

손등에 햇살을 받으며
봄을 기다리는 아이들과
병상의 아픔에도
젊은이들의 터질 듯한 벅찬 가슴과
외로운 노인의 얼굴에도
희망과 꿈이 되게 하소서

또다시 우리에게 허락되는
365일의 삶의 주머니 속에
봄과 여름 그리고 가을과 겨울의
결실로 가득 채워
한 해를 보내는 날은
기쁨과 감사를 드리게 하소서

행복한 사람들은 불행한 이들을

건강한 사람들은 아픈 사람들을
평안한 사람들은 외로운 가슴들을
따뜻하게 보살피는 손길이 되게 하소서

이 새로운 아침에
찬란히 떠오르는 빛으로
이 땅의 사람들의 영원을 향한
소망을 이루게 하시고
이 아침의 기도가 이 땅 사람들이
오천 년을 가꾸어온 사랑과 평화 속에 함께하게 하소서

당신은 그분을 만나보셨습니까

당신은 그분을 만나보셨습니까
늘 우리 곁에 한 사람의 얼굴로
다가와서는 기쁨으로 가득 채우는
그분을 만나보셨습니까

소문을 내지 않아도 소문나던 분
가난한 이들과 외로운 이들을
가까이하시던
그분의 손길은 사랑이었습니다

우리의 삶 속에
텅 빈 것 같은 공허감을 느끼며
인생의 결국이 온다면
얼마나 외롭겠습니까

당신은 그분을 만나보셨습니까
온유한 모습으로 찾아와
나는 길이요, 진리요, 생명이라
말씀하시는 이
예수를 만나보셨습니까

넥타이

삶과
죽음 사이에
잘 매어놓은 끈